MR. TEAM LEADER

ISHIDA KAHO

石田夏穂

ミスター・チームリーダー

新潮社

ミスター・チームリーダー

後藤は毎朝だいたい午前五時に起きる。最近だと午前四時には空腹で目が覚めていて、腹をさすりながら起きようかと迷っている。二週間前だったら起きていただろうが、このところは横になったままのことが多い。

日課として、後藤は起きるとまずトイレに行く。それから即座に体重計に乗る。この起き抜け体重の数値だったら、嫌でも過去三十日分くらいは頭に入っている。

昨日の朝は、八十二・二キロだった。一昨日の朝も八十二・二だ。目が覚めた瞬間、あるいはそれよりも前から、後藤は体重のことを意識している。

横たわりながら、自分の下腹に（まずいな）と思う。いままったく尿意がないのだ。朝一でドカンと排尿しないと、それだけ朝の体重は重くなる。後藤は先々月から減量期《オン》に入り、水なら毎日五リットルは飲んでいた。あれだけ欠かさず水分補給をしているのに、起き抜けの排尿が乏しいのは、いったいなぜだ。

後藤は、トイレに行くのが怖くなった。これではきっと溜息のような排尿しかない。五〇

cc？　二〇cc？　いまの膀胱にある微かな緊張から、尿の量を推し量ろうとする。

減量でこんなに苦戦するのは、初めてだ。いままでも思うように体重が減らないことはあったが、それなりの工夫と努力をすれば、いつも乗り越えられてきた。それもゾッとしたことに、今日から八月だ。今年はどうしてこうも思い通りにならないのだろう。

午前五時まで、まだ一時間ある。後藤はじっと目を閉じて尿意を待った。自分が最後におねしょしたのは、いったいいつだったか。あれだけ一気に出せてしまえたらと、昔の自分が少し羨ましくなった。


午前七時に、会社の門をくぐった。朝から全身汗だくである。大会まで残り二か月はあるが、このままでは目標体重に届かない。今朝はやむなく四十分も歩いた。

エントランスの脇に設けられた更衣室に入ると、後藤と似たような朝活直後の従業員たちが、そこかしこで身支度を整えていた。後藤は大手のリース屋に勤めている。本社は日本橋《にほんばし》のド真ん中にあって、それこそ朝から有酸素運動するなど、意識高めの人間が多かった。

「お、珍しいね！」

後藤がシャワー室に入ろうとすると、知り合いの社員が声を掛けてきた。

「え、後藤クンも遂に走るようになったの？」

興味津々に訊ねる。この鈴木という先輩社員は、会社にある陸上部のエースだ。後藤が入社したときからそうで、要するにガチの市民ランナーであるが、今朝もいったい何キロ走ったのか、「(株) レンタール　陸上部」のオレンジ色のユニフォームを、恥ずかし気もなく汗まみれにしている。

「前に筋肉が落ちるから絶対に走らないって言ってなかった?」

　この身体は体脂肪率、推定十二パーセント。枝のような腕と、鳥のような脚と、電柱のような胴体が目の前にある。細いながらも太い血管が走っている点は、いかにも長距離走者《ランナー》という感じだった。

「いえ、ちょっと歩いてるだけです」

「もうコレはやめたの?」

　鈴木はマスキュラーのポーズをした。両腕を胸の前で内側に曲げる、モスト・マスキュラーと呼ばれるものだ。「コレ」とはすなわちボディビルで、後藤の経験上、ボディビルを表すジェスチャーとして、フロント・ダブル・バイセップスをする者が全体の八割。このようにモスト・マスキュラーをする者が残りの二割。この人は後藤が「選手」であることを知っていた。

「いや、やめてないです」

「じゃあ何で歩いてるの」

「再来月に大会があるんですけど、なかなか思うように絞れなくて」

　思わず自分の腹を摑む。

「停滞期っていうんですかね。何だか身体が浮腫《むく》んでる感じで」

「もっと水を飲んだら？」

「うーん、そうですね……」

大会の二か月前にしては、ずいぶん摑める皮下脂肪が多い。後藤は朝っぱらから打ちひしがれる思いだった。

「でも後藤クン、すごくいい身体してるじゃん。まあ趣味なんだし、気楽にやったら？」

俺みたいに、とばかりにアクエリアスを呷る。その半透明の濁った色合いに、後藤は反射的に目を逸《そら》せた。俺は絶対にアクエリアスは飲まない！　減量期《オン》であっても増量期《オフ》であっても、スポーツドリンクの類は決して飲まない。

「……三時間は切りましたか」

ようやくジャージの上下を脱ぎながら、後藤は久し振りに訊ねてみた。鈴木のフルマラソンのベストタイムは、確か「三時間と二十分」だ。かねがね鈴木にタイムを訊くのは、半分は挨拶のようなものだった。

「それがさ、この前の仙台のレースで、三時間と十七分だったよ！」

鈴木は少年のように目を輝かせると、その何とかマラソンの話を始めた。後藤はふんふんと耳を傾けながら、次第に（いいなあ）と思えてきた。こういう市民ランナーに順位はない。あるのは唯一、タイムなのだろう。「自分との戦い」とか何とか言って、ぞんがい隣にいる生身の人間とは勝負しないのだ。

「三分ちぢめるのに三年かかった」

ハハハと、屈託ない。後藤は（自分の競技は違う）と思った。ボディビルではほんらい順位をつけられないものに順位をつける。そのために必ず隣の選手と比較される。ボディビルも「自分との戦い」とはよく言われるが、後藤は決して、そうは思わなかった。それは、どこまでも他人との戦いだ。自分だけでは完結しない、未知の他人との戦いだ。


後藤は今年で大会八年目の、そこそこ中堅の選手だった。選手登録しているのはＪＢＢＣ（Japan BodyBuilding Competition）で、数あるボディコン団体の中で、最も硬派な部類とされる。刺青は禁止、スプレータンニングも禁止、もちろんステロイドの使用も禁止。ステージでの演出もたいへん地味なもので「やアアアまだアアア……たろおオオオ！」と、ＭＣが絶叫しながら選手がステージに立つ他団体とは違い、ＪＢＢＣでは病院の待合室のように「38番」と、ドライに呼ばれる。仮に名前を呼ばれることがあるとすれば、表彰台に立つときくらいだ。

本当は、後藤は有酸素運動などしない。過度に歩いたり走ったりすると、それだけ脂肪は分解されるが、同じだけ筋肉も分解される。もともと代謝は非常にいいほうで、いままで食べる量を調整することで、結果を残してきた。

更衣室を出ると、階段のほうに行きかけたが、いまの執務室は十五階だったと思い出す。踵を返してエレベーターのほうに行くと、そこには五人の人がいた。その六人目になろうとしながら、後藤の頭は、こんなことを思った。この五人は、程度の差こそあれ、おのおのデブだなあと。デブが雁首そろえて同じエレベーターを待っている。鈴木のランナーボディを見たあとだったから、余計にそう思われた。

後藤の脚は、階段のほうに向き直った。考えてみれば地上十五階など、普段の脚トレにすればウォームアップにもならない。一階あたり二十段として、たかだか三百ステップだろ？ そうして静々と階段を上りながら、後藤は、何だかイライラしている自分に気づいた。目下、体脂肪率十パーセントの自分が、こうして階段を使っているのだから、あのデブたちもそうするべきじゃないかと思ったのだ。

執務室には、まだ誰もいなかった。後藤は自分の机にある異物に気づいた。それは、ちんすこうとサーターアンダギーだ。誰かが沖縄に行ったらしい。

ギョッと、一歩ひき下がった。いったい誰だ、こんなものを置いたのは。ちんすこうとは「小麦粉、砂糖、ラードを練り固めた焼き菓子」だ。サーターアンダギーとは「小麦粉、卵、砂糖を練り固めた揚げ菓子」だ。いまは絶対にこんなもの食えない。

後藤は先の七月から「建設資機材課　第2」の係長だった。同課は各地の建設現場に、クレーンだの敷鉄板だの発電機《ジェネレーター》だの、分電盤だのフォークリフトだの排水ポンプだの、とにかく必要なものを何でも貸し出す部門だ。前任者の退職によって入社九年目で抜擢されたのだから、早いと言えば早いほうだった。それまでは「第3」と「第4」を渡り歩いて、ずっと執務室は三階だった。三階はここと違い殺伐としていて、こういうお土産の類はまずなかった。

そうだ、昨日の午後は外勤だったから、その間に置かれてしまったのだろう。食べたら絶対にうまいものたちを前に、後藤は意地でもそれらを見ないようにした。減量はかなりストイックにやるが、後藤だって人並みに甘いものは好きだ。脳が、それを食べたいと思う前に。否、脳がそれを食べ物だと認識する前に！　後藤はそっぽを向いたまま菓子を摑むと、それらを斜め向かいの大島の席に滑らせた。そうして誰もいないのに背後を振り返り、万引きでもしたかのような心地だった。

あー、やれやれと、ひとまず給水する。会社員でよかったと思える数少ないことのひとつに、水が飲み放題というのがある。ものは安っちいウォーターサーバーであるが、冷水のみならずお湯も出る。後藤は滅多に冷水は飲まない。無暗に身体を冷やしてしまうから。なので、夏の盛りであっても、必ず冷水とお湯を半分ずつに割る。

今朝の体重は、八十一・九キロ。後藤はズズズとお白湯《さゆ》を飲んだ。あと二か月弱で、七キロを落とさねばならない。さもないと、自分はステージに立てない。

JBBCの数あるカテゴリーのうち、後藤が出場するのは「男子ボディビル」だ。これの

「クラス分け」は体重別に行い、「五十五キロ以下級」から「九十キロ超級」まで、五キロ刻みに九カテゴリーが設けられている。従来、身長百八十二センチの後藤は、体重が八十七キロ前後で、いつも出場するのは「八十キロ以下級」だった。

後藤はいまから七年前に、東京の「オープン戦」で3位になった。「オープン戦」はビギナー向けの部門で、後藤もこのころは筋トレ歴五年だった。その翌年に同部門で優勝を果たし、それからは「クラス別」に出るようになった。「クラス別」は上級者向けで、たとえ地方の大会であってもここで1位になるのは難しい。後藤にしても予選落ち、予選落ち、予選落ち、と、パッとしない苦戦が続く。大会六年目からコーチをつけるようになって、果たして、その年は7位と初めて順位がついた。その次の年に4位になって、それが昨年の話だ。

今年、後藤は新たな挑戦をする。いままでの「八十キロ以下級」から「七十五キロ以下級」にクラス変更するのだ。ひとえに、ひとつでも上の順位を目指すために。

いましも、腹が鳴りそうになった。後藤はメールを打ちながら顔をしかめた。時刻は午前九時を過ぎた。いつもなら午前十時ごろまで空腹にならないが、今朝はやむを得ず有酸素したから律義に腹ペコになってしまった。

次の食事もとい「三食目」は、午前十一時に摂る。あと二時間と自分に言い聞かせて、後藤は仕事に意識を戻した。後藤の減量期の食事のタイミングは、こうだ。一食目、午前五時、二食目、午前八時、三食目、午前十一時、四食目、午後四時、五食目、午後七時、六食目、午後九時。同じ摂取カロリーでも小分けにすれば、それだけ脂肪になりづらくなる。あえて昼休みを外しているのは、この「皆さんの食べる時間」に食べてしまうと、どうしても自分の士気が下がるからだ。自分の食事は他の人のそれとは、ぜんぜん違う行為だから。

少し、頭がぼーっとしてきた。腹が減って気が散ってしまう。三食目をフライングする考えが、自ずと頭を掠める。後藤の「腹が減った」には二種類あって、ひとつは単なる胃の収斂だ。この「腹が減った」はフェイクである。もうひとつは血糖値の低下で、残念ながらこれはマジの空腹になる。当座の「腹が減った」は後者だった。

けれども、最初から答えは出ていた。自分は決められたルーティンを守る。ここで安易に早弁してしまっては、午後の自分に示しがつかない。

午前九時十五分に、課長が出社してきた。課長が来ると息切れの気配で知れる。課長は後藤のいる島のお誕生日席に、ゼエゼエ挨拶しながら腰を下ろす。

「おっ、後藤……ハア、ハア……今日もずいぶん早いな」

単に出社するだけでその滝汗とは、何とも羨ましい限りだ。この課長は、典型的なメタボである。体脂肪率は推定三十五パーセント、ついでに腹囲は推定百二十センチ。巨漢と言ったら無難すぎるが、春夏秋冬、ヒーヒー言ってる課長を見ると（自分は絶対にこうはなりたくない）と思う。

その後、野田と菊池が相次いで出社してきた。二人は「第2」のメンバーであり、後藤の部下ということになる。時刻は、午前九時四十分。レンタール本社はフレックスタイム制で、午前十時までならいつ出社してもよい。

「あああ！」

午前十時十分になると、最後の大島がやってきた。見ずとも大島が何にシャウトしたのかが知れた。

「ミエちゃん、昨日のお土産、もうひとつ貰っていいの？」

ブヨヨと「ミエちゃん」を振り返る。通称「ミエちゃん」ことこの中島は、要するに事務の人だった。

「え、もうひとつ？」

受け答えるミエちゃんの口から、何かがポロポロと零れ落ちる。まだ始業して間もないのに間食しているらしい。

「ほら、俺の席に」

大島は南国の銘菓を掲げ持った。ミエちゃんはモグモグとそれを見上げながら、再び口に菓子を補給した。二人は「第2」歴が長いらしく、悪い意味でアットホームだ。そして、二人して見事に太っている。

「昨日のじゃない？」

「俺きのう食べたよ」

二人は「？」となったが、後藤は素知らぬ顔を通した。デブはデブ同士でデブの問題に対処すればよい。なーに、四六時中バクバク食っているのだから、自分の食べたものとかいちいち覚えてないだろう。

後藤の胸に、暗雲のように気に入らなさが込み上げる。本来、この（株）レンタールには意識高めの人間が多いはずなのに、この十五階の住人たちは総じて太っている。後藤はデブが嫌いだった。自分の身体に対するリスペクトに欠けているから。自分の体型なんて、自分の意志で、どうにでもなることなのに。

後藤は空腹を紛らわそうと、ひとつ取引先に電話することにした。が、いざ発信ボタンを押そうとすると、ビリビリと思ってもみない音が聞こえ、そのまま固まってしまった。大島がちんすこうを食おうとしていたのだ。い、いま食べるの？　まだパソコンの電源を入れてもいないのに？　後藤は凝然と大島の大黒天のような分厚い頰を見つめた。ちんすこうとは「小麦粉、砂糖、ラードを練り固めた焼き菓子」だ。こいつの食事管理、やりたい放題かよ。

「おい、若いのいるか！」

そのとき、頭上にダミ声が轟《とどろ》き、一同はその人物を振り返った。総務の元気なオッサンだった。

「ちょっと大物の搬入があるんだけど、手伝ってくれる？」

時刻は、午前十時十三分。後藤はいち早く周囲に目を走らせた。いまこの場にいる「若いの」と言えば、三十一の自分と、二十八の大島と、四十三の野田と、二十六の菊池。ここは菊池か大島だろう。

「ほら、行くぞ」

え、自分？　ダミ声に当然のように腕を取られ、後藤は目をパチパチとさせた。いやいや、いまの自分に「大物の搬入」は無理だ。傍目にそうは見えないだろうが、いまの自分は飢餓状態にある。

慌てて大島を振り返ると、こいつ、優雅にサーターアンダギーを食っている。もうちんすこうを平らげたらしい。菊池はというと、あれ？　いなかった。トイレにでも行っているのか離席している。

「おい、大島……」

呼び掛けるも、大島は糖分摂取に夢中で気づかない。ただの二メートルも離れていないのに、こんなことってあるか？　後藤がもういちど「おい……」と中腰になると、ダミ声がその腕を引っ張った。

「ほら、早く」

う、嘘だろ！　後藤は半ば絶句したまま、なすすべもなくダミ声の後に続いた。なぜに、自分が選出されてしまったのだろう。明らかに大島のほうが栄養状態がいいのに。糖分摂取の後なら元気だろうし、ああいう二糖類なら消化も早い。

「社長室が二十階に移動になってさー」

二人はエレベーターで地上に降りると、建物の裏手にある搬入口に向かった。

「それにしても君、すごい腕してるね」

「いえ、とんでもないです」

「応接室もあるから、忙しいぞ！」

トラックが横づけにされた搬入口では、何人もの「若いの」が駆り出されていた。レンタールは俗に言う総合レンタル業だ。後藤は「建設資機材課」にいるが、より一般向けの商品として、いま運ばれているような椅子やカーペットは当然ながら、ブラインドもプロジェクターもＡＥＤも、観賞用の熱帯魚もプレステだって、現代人の思いつくものならおおよそ取り扱っている。最近はブランドものの装飾品を扱う部署もできた。で、その手広さは素晴らしいのだが、なまじっか取り扱っているがために、自社に設置するとなるとこうして変に自力でやろうとする。

後藤は搬入口の一画に導かれた。そこに場違いのように緑があって、便座より一回り大きな陶器の植木鉢から、二メートルはあろうかという枝が天に向かって伸びている。その横でダミ声は意気揚々と腕捲《うでまく》りをはじめた。

四の五の言っている暇はなかった。後藤も右に倣えと腕捲りすると「いっせーの」とそのデカい植木鉢を持ち上げた。数本の枝が太い輪ゴムでひとつに束ねられている。二人はよちよちと来た道を戻った。

「最近、そっちはどうだ？」

この状況で世間話かよ。えっさえっさと運搬しながら、後藤は規則的に揺れる大振りな枝ごしに「まあまあ忙しいです」と答えた。

「君は建設資機材《ケンザイ》課の人？」

「ええ、そうです」

「何で忙しい？」

後藤は「えーっと」と考えた。

「最近は建機の貸し出しが多いです。万博が決まってから急にいろいろ」

このままエレベーターに乗るのかと思いきや、ダミ声は迷わず階段を選んだ。枝が長すぎて中に入れないという。

地獄が始まったのは、ここからだった。階段を一段ごとに蟹のぼりしながら、自分よりペースの遅い相手に合わせ、地上二十階に到達しなければならない。おいおい、なんつー大仕事だ……後藤は胸の中で毒づきながら、つるつると持ちづらい植木鉢を慎重に持ち直した。これ、まんいち落としたら大変なことになるな。後藤が案じたのは植木鉢ではなく、自分の足のほうだった。この時期にヘンな怪我をするわけにはいかない。

「ちょっとタンマ！」

ダミ声のリクエストで、二人は三階の踊り場で休んだ。

「これさ、一株百二十万なんだよ。今回の運搬だといちばん貴重」

ゼエゼエと愚にもつかないことを教えてくれる。それから「君さ」と顔を上げた。

「あれでしょ、コレの人でしょ」

肩で息をしながらフロント・ダブル・バイセップス。曲げた両腕を顔の横に持ってくる、規定ポーズのひとつだ。こうして見ると、ダミ声その人も、なかなか前腕が発達している。全体の筋量のバランスもいい。というのも、もとよりレンタールには、こうしたガッシリした人が多かった。引っ越し屋のような人が典型的で、後藤などはまさにそれだ。社の方針として、総合レンタル業の従業員ならば、貸し出す商品への理解はマストなので、実際に商品を運んだり使ったりするのは仕事の一環だと見做《みな》されていた。

なのに、どうしていまの部署には、太った人間が多いのだろう。

後藤が「そうです」と受け答えると、ダミ声は「やっぱり」と頷いた。

「いかにも野生児って感じだよな。今年も大会に出るの？」

「ええ、まあ」

「じゃあこれもいい筋トレになるだろ！」

バンバンと肩を叩かれる。後藤はしょっちゅう人に肩を叩かれる。

「あした筋肉痛になっちゃうかもな！」

あのな、これしきの軽作業で筋肉痛になるわけないだろ。自分のトレーニングとこんな雑用が一緒くたにされていることが、何とも言えず悲しかった。

「でもやっぱり普段から鍛えてると違うね。後藤クンぜんぜん余裕そうじゃん」

「いえいえ、けっこう重いですよ」

それは、嘘ではなかった。この植木鉢、推定八十キロ。後藤にしても、一段ごとに辛いとは思うが、しかし、確かに普段から鍛えているだけあって、慣れているというのはあるようだった。後藤にとって、筋肉をつけるとは、辛いものが辛くなるということではなかった。そうではなくて、同じ辛いものに、より耐えられるようになるのだ。どれだけ筋肉をつけたとしても、辛いこと自体はさして変わらない。

「このあと社長机もあるんだけど、お願いしちゃっていいよね？　二度目の休憩は、六階の踊り場だった。時刻はとうに午前十一時を過ぎている。自分は一刻も早く、三食目にありつかなければならないのに。

お願いしちゃっていいよね？」

「君だったらトレーニングになるから、ちょうどいいでしょ！」

仕事中に鍛えられるなんて、一石二鳥じゃん！　後藤は懸命にはにかみながら、軽い殺意を覚えた。筋トレするやつなら喜んで力仕事すると思うなよ。むしろ減量期のビルダーは常人よりデリケートだ。こうも空腹状態が続いてしまうと、苦労して鍛えた筋肉が分解される。いまも秒ごとに自分の身体が損なわれていると思うと、居ても立ってても居られなくなった。

その後、二度の「タンマ」を挟み、ひいひい二十階に辿りついたのは、出発してから五十分後だった。

「あの、このあとすぐに会議があるんで、社長机は大島に手伝わせますよ」

後藤はやむなく大嘘をついた。

「え、大島？」

「あの自分の斜め前に座ってた人」

「え、あの人、君より年下だったの？」

後藤は廊下に出ると、大島に電話した。

「……」

何で繋がらねえんだよ。えんえん呼出音がリピートするだけだ。こういういつまでも通じない電話ほど後藤を苛立たせるものはなかった。会社の電話に出ないやつってナニ？　部下だったら上司の呼び出しには、いつ何時も応えるものだろう。

仕方なく、自席に引き返すと、何てこった、フッツーに大島いるじゃん。それも驚いたことにまだサーターアンダギーを食っている。

「何で電話に出ねえんだよ！」

後藤は吠えながら三食目を準備した。

「え、デンワ……？」

大島が「デンワ」を理解する前に「いまから二十階に行って総務を手伝って」と後藤はひと息に指示した。

「え……？」

五秒たって「何でです」と来た。

「机の搬入」

ツクエノハンニュウ……？　大島は、しばしポカンとした。後藤はあえてそのままにし、何も補足しなかった。デブは総じて理解が遅い。自分の身体もコントロールできないやつに、ものを人並みのスピードで理解できるわけがないのだ。

三食目は白米一〇〇グラム、ササミ八〇グラム、アスパラ五本、ピンク岩塩ひと匙。これをレンチンするか否か究極に迷ったが、ここは一秒でも早い摂取を優先することにした。秒を争う体でありながら、後藤はボソッと「いただきます」と言った。普段は「いただきます」も「ごちそうさま」も滅多に言わないが、減量期には言わずにはおれない心境になる。

「チカラ仕事ですか？」

いざ、ササミを口に入れようとすると、ようやく「ツクエノハンニュウ」を理解した大島が、ブヨヨとモニターごしに訊ねた。

「重いもの持つって感じですかね？」

「うん、そうだよ」

ほとんど相手の発言に被せながら、後藤は無心に口の中のものを咀嚼した。ああ、タンパク質、タンパク質。アミノ酸になる前の分子の大きなやつ。いわゆるＰＦＣバランスとは、蛋白質《プロテイン》、脂質《ファット》、炭水化物《カーボ》それぞれの、一日における摂取量だ。減量期になるとこれがグラム単位で決められていて、後藤はかれこれ八年にわたり、こうして綱渡りのようにＰＦＣを死守している。

「だったら後藤さんのほうがいいんじゃないですか？」

「……」

仕事を断るデブって、何なんだろうな。デブなんだから一生懸命うごけよ。後藤は本心を噛み殺しながら「どうして」と訊ねた。

「だって、後藤さんはムキムキじゃないですか」

「……」

「それに自分、今日は膝が痛いんで……」

それにしたって貴職がデブだからだろ？　大島は上体に質量が集中しているタイプのデブで、その起き上がりこぼしのようなアンバランスを二本の脚が健気に支えている。

「あと、もうそろそろ昼休みだし……」

幸い、そのとき自席に戻った菊池が「僕が行きます」と志願した。後藤はモグモグと口を動かしながら、感激のあまり涙が出そうになった。菊池はこのまえ異動してきた新人であるが、これぞ会社員の鑑《かがみ》だ。いまの「第2」でBMIが二十台前半なのも、自分と菊池だけである。

ムシャムシャ、ムシャムシャ。大島が（あー、よかった）とばかりにサーターアンダギーを食いはじめる。ムシャムシャ、ムシャムシャ。デブは、なぜ筋肉の上に脂肪が乗るか、例えばそのようなことを考えたことはあるのだろうか。なぜ筋肉の上に脂肪が乗って、その逆ではないのか。それは、筋肉は脂肪よりも、価値の高い組織だからだ。そして、脂肪は筋肉よりも、価値の低い組織だからだ。生き物にとっていざというとき脂肪は犠牲になってもいいが、筋肉はその限りではない。

ムシャムシャ、ムシャムシャ。後藤は思わず耳を塞いだ。この大島という部下は、後藤にとって、即物的にも、比喩的にも、体脂肪そのものだ。自分にすると、菊池が筋肉ならば、大島は何の役にも立たない体脂肪。そうだ、こいつは身体の中の、いらない部分。組織の中でも、いらない部分。

火曜のその日は、脚トレだった。時刻はまだ午後六時すぎで、ザ・仕事終わりの時間帯のため、ジムはそこそこ混んでいる。ときには不便に感じる日もあるが、ジムが混んでいると、後藤はちょっと嬉しい。

まずは、レッグ・エクステンションから始めた。重量を上げながら五セットもやると、自分の前腿に血の集まってくるのがわかる。皮膚が張って、色まで変わって、パンプアップの状態になる。後藤は学生のころは陸上部だった。ずっと短距離をやっていた。筋トレを始めたのは大学生の時で、先輩にタイムが上がると勧められたからだった。よって最初に手を出したのも脚トレであるが、ここまで続けることになるとは思わなかった。

たぶん、自分は筋トレの全能っぽさが好きだ。その危ういまでの正義っぽさが好きだ。事実、筋トレをすると自信がついて、それが心地よかった。ひとりの人間が生きていくには、ある一定量の自信がいる。

もともと筋肉がつきやすい体質だったのか、社会人になって、より本格的にやり出すと、どうせやるなら成果を出したいと思うようになった。どうせやるなら、評価されたいと。仕事をしながら計画的に筋トレするのは、実際にやるとかなり大変である。後藤は意味のないことはしたくなかった。大変な以上は見返りが欲しかった。自分はきっと、タダの努力はできないが、そうじゃないならどこまでも頑張れる人間だ。それが、後藤の自分自身に対する、いまのところ最も正しい理解だった。

レッグ・エクステンションの次は、ハック・スクワットをやった。ハック・スクワットのマシンは大人気だから、空いていなかったらフリーのバーベル・スクワットになるが、その日は見事にマシンが空いていた。

三セットもやると、前腿がいよいよパンプしてきた。後藤は正面の鏡の前で、脚の力を抜いたり入れたりした。前腿の筋量と左右差については、去年より改善したと思う。しかし、大会の六週間前にしては、やはりインパクトが弱いようだ。いつもだったら力《りき》む前でも、それぞれの筋肉と筋肉の間に、もっと分かれ目の線が見えているのに。

減量、間に合うだろうか。最近はそれが心配でなかなかトレーニングに集中できない。今朝の体重は、八十一・二キロ。まだ八十を切れていないのはかなり遅い。いまや仕上がり云々よりも、出場資格のほうが喫緊だ。

やはり「八十キロ以下級」にエントリーすべきだったか……このごろは一日に何度も同じことを考えてしまう。今回のこのクラス変更は、もとはといえば水野コーチの提案だった。その心は、東京の「八十キロ以下級」が、毎年きまって激戦区だからだ。JBBCの男子ボディビルでは九つのクラスが設けられているが、それぞれのクラスで優勝した者は「オーバーオール」と呼ばれる無差別級のステージに立つ。「オーバーオール」はいわば大会のシメで、例えば東京大会だったらその優勝者は「ミスター東京」と呼ばれる。全国大会だったら「ミスター日本」だ。東京大会の場合、去年、一昨年と、このオーバーオールを制したのは「八十キロ以下級」の選手で、四年前と五年前もそうだった。毎年のように「ミスター東京」を輩出するという点で、東京の「八十キロ以下級」はレベチなのだ。

水野は、最初に会ったときから「ひとつでも上の順位を目指せ」と言っていた。ボディビルを単なる趣味で終わらせたらもったいないからと。世にいるコーチやパーソナルトレーナーは千差万別であるが、水野はその中でも特に厳しいほうだった。後藤は水野のそこに惹かれた。

相手を「クライアント」とか「お客さま」と言って、優しいだけの人だったら意味ないと思った。今回のクラス変更に挑戦したのも「ひとつでも上の順位を目指す」その貪欲さに押されたからだ。

それが、こうも苦戦することになるとは。最初は五キロの違いなど、どうにでもなると思っていた。体重五十キロとかのガリだったら話は別だろうが、自分だったら、どうにでもなると。はたと、自分が見られているのを感じた。横目に相手の様子を窺うと、どうやらこのマシンが空くのを待っているらしい。ひと目で（フィジーカーだ）と思った。フィジーカーとは「男子フィジーク」の選手のことだ。上半身のV字《シェイプ》がかなり意識的で、それだけに脚が少し細く見える。

そのフィジーカーは、かなり絞れていた。大会のいったい何日前なのだろう。一般に男子フィジークでは上半身が審査される。ガッシリした肩、広い背中、そして細いウエスト。「海パンより上」に誰もが命を懸けるから、そういう芸術作品のように細部が作り込まれている。

そんなフィジーカーが傍《そば》に立っているだけで、後藤は「デブ」と言われているような気がした。そして早くそのマシンを譲れよと。無言の圧力をひしひしと感じながら、しかし、後藤は頭の片隅では、こう思っていた。フィジーカーはいいなあと。フィジークだったら身長別のクラス分けになるから、形ばかりの計量があるだけで、いま自分が抱えているような葛藤はないだろう。フィジークにしろクラシックにしろマスキュラーにしろ、ビキニにしろフィットネスにしろフィットモデルにしろ、ＪＢＢＣのカテゴリーは数多くあるが、それらのカテゴリーはどれも身長別だ。男子ボディビルだけが体重別で、他とは違って戦略的になれてしまう。

それに、と後藤は思った。他とは違って、男子ボディビルだと、審査対象は身体の全部になる。どこにも手を抜いていい場所はない。自分たちは、そういう意味で、いちばん厳しいことをしている。

次のマシンに移ったのは、それから十分後だった。途中で、あっと立ち止まった。あいつ、去年の62番だよな。背中の形でそうとわかった。人間は正面よりも背面のほうが、ずっと個性的であると思う。62番は去年3位になった選手で、自分が見事に競り負けた相手だった。あのヒラメ筋のカットにも見覚えがあった。薄暗い舞台裏の陰にあっても、その陰影がはっきりと見えた。

62番は、アーム・カールをしていた。正確に言うとダンベル・ワンハンド・アーム・カールだ。ひとりベンチの隅に腰を下ろし、自分の右膝に右肘を乗せて、十八キロのダンベルを上下させている。後藤は遠目にもダンベルの重量を正確に言い当てることができる。このとき、62番の左手は何をしているのかと言うと、いままさに奮闘中の右の上腕二頭筋に、吸い寄せられるように添えられている。後藤は、そんな光景から目が離せなかった。ああいう一流のトレーニーというのは、なんて、気持ちよさそうに筋トレするのだろう。本当に上手い筋トレというのは、傍《はた》からとっても気持ちよさそうに見える。

刹那、やっぱり階級を戻そうかと思った。ああいうのがウジャウジャいるから「八十キロ以下級」は激戦区だけど、自分もあのデカい身体の隣に立ちたい。ステージの上で、照明にジリジリと肌を焼かれながら、シャッターに何度も目を細めながら、その身体のオーラを肌で感じたい。それは客席で観るのとはぜんぜん違う、自分も相応のオーラを出していないと受け止められない、他者の痛いようなオーラだ。

後藤はレッグ・カールのマシンに移った。この時点で水を一リットルくらい飲んでいる。時刻は、午後七時四十二分。強いビルダーになりたいなあと思う。強いビルダーを見ると、自分もそうなりたいと思う。しかし、もう少し正確に言うと、後藤は強いビルダーになりたいというより、強いビルダーの身体の持ち主になりたかった。勝つのは何も自分ではなくて、自分がたまたま持っているこの身体に勝って欲しかった。

後藤にとって、自分の身体を大きくするのは、問答無用の正義だ。自分の身体は自分で思っている以上に、自分の思い通りになる。ただし「大きくする」と言っても、それは「太る」ことではない。真に自分の身体というのは、自分の意志で動かせる範囲のことだ。筋肉は自分の意志で動かせるが、脂肪はその限りではない。だから太ることは自分を大きくすることとは違って、逆に自分を小さくすることだ。太ると自分の身体に占める意志の割合は小さくなる。

後藤は（七十五キロ以下級）と自分に言い聞かせると、目下のトレーニングに意識を戻した。そうだ、筋量をきちんと維持できれば「八十キロ以下級」より「七十五キロ以下級」のほうが自分の意志の割合は大きい。それに一度やると決めたことを、途中で投げ出してはならない。大丈夫だ、きっと減量は間に合う。それ以上にものを考えそうになると、顔を正面に戻し、裏腿に渾身の力を込めた。

「今日はカツ丼にしちゃったよ」

野田がエヘヘと弁当を運んで来たミエちゃんに言う。医者に揚げ物は控えろと言われているが、どうしても食べたい気分だったそうだ。

「いいんじゃないですか、食べたいものを食べれば」

ミエちゃんがのしのしと各人に弁当を届ける。弁当屋への注文は個人単位であるが、配達は部署単位なのだ。

「だよね、腹が減っては戦《いくさ》がデキぬ！」

貴職はたとえ満腹でも戦デキねえだろ。野田の体脂肪率は、推定二十八パーセント。腹囲は推定九十センチ。揚げ物のにおいが鼻に入るのが嫌で、後藤は二食目と三食目のタッパーを洗いに行った。

今朝の体重は、八十一・二キロだ。後藤は朝からウツウツとしていた。こんなに毎日節制しているのに、意地のように体重が動かない。

「後藤さん、Q工務店の方がお見えです」

え、と振り返るとミエちゃんだった。わざわざ給湯室まで言いに来た。

「いまエントランスで待ってます」

先方は「ちょうど近くに来たので」のアポなし訪問らしい。

「Q工は課長に言って」

「課長はお昼寝中ですもん」

ぶっとい腹で論破するように言う。後藤はQ工がほとほと嫌いになった。どうして昼休み中に来るのだろう。

「悪いけど、他のやつに頼んで」

後藤はミエちゃんの巨体を躱《かわ》し、そそくさと自席に戻った。自分はいまから四十分間のウォーキングに出なければならない。なるほど、ミエちゃんの証言どおり、課長は絶賛お昼寝中だった。

「えー、あのまま待たせとくんですか？」

唯一、野田が在席していた。カツ丼を頬張りながら耳にイヤホンを差している。もう八割方は食い終わっていて、この異様な早食いだけはデキるビジネスマンだった。

「あの、野田さん」

後藤は思い切って、この年上の部下に声を掛けた。悪いが、ここは出ばって欲しい。ところが野田は後藤の呼び掛けに無反応で、スマホの画面に夢中になっている。故意のシカトか過失のそれか、後藤の目にはわかりかねた。

「あのー、野田さん」

声を高めてリトライする。野田は太っているのに前髪を伸ばし、目許の様子が窺えない。ガツンと、丼ぶりを机に戻し、その中に箸を放ると、後藤は（いまだ！）と口を開きかけたが、何と、そのとき同じ右手に、手品のように菓子パンが現れた。後藤はあまりの鮮やかさに目を瞠った。こいつ、お好きな動画を観ながら『薄皮クリームパン』とは、この世のパラダイスにいらっしゃるのか。

「今日のおやつはクリームパンだよ」

そんな野田が、突然喋り出す。後藤はギョッと思わず身を引いた。アニメか何かだと思っていたら、テレビ電話のようだ。野田はそうしてイヒヒと笑い出したり「稼ぎはまあまあ」とドヤ顔したり「日本橋のド真ん中で働いてる」とマウント取ったり、あれか、そういうマッチングアプリか。後藤は（キモ……）と思う前に、その肩をダイレクトに揺らした。

「うわあああ！」

どう考えてもビビりすぎだろ。

「あの、ちょっとQ工の相手をしてくれませんか？」

「え、Q工？」

「挨拶に来たみたいで」

「いや、いまはお昼休み中なんで……」

「……」

取りつく島もなかった。野田は当然のように自分の世界に戻り、後藤は「早く行ってあげて下さい」とミエちゃんに催促された。あわわ、おデブにサイソクされちゃったよ。あろうことか、この体脂肪率十パーセントの自分が。

後藤は「そうだ！」と振り返った。

「ミエちゃん、代わりに行ってきてよ」

「え、私がですか？」

ブヨヨと全身で驚く。そうだ、デブなら動く機会になるからちょうどいい。

「いえ、それは総合職の方で対応して下さい」

「でも俺いまから用事あるから」

時刻は午後零時十一分。後藤は一刻も早くその場から去ろうとした。そのとき、課長が目を覚ました。

「お前ーっ、それはないだろーっ」

目覚めた二重顎が、ものすごく二重だ。

「事務員さんに規定以外のことはさせないこと！　女性だからって何でも頼んじゃ駄目だよ！」

「いやいや、そういうわけじゃなくて……」

後藤は慌てて遮った。

「何がそういうわけじゃないんだ」

「だから、女性だからじゃなくて……」

極度の肥満体だから。いや、こちらのほうがマズいのか。結果的に、後藤が出向くことになった。

「いやー、後藤さん、ご無沙汰してます！」

Q工務店は、つまらん業者だ。

「聞きましたよ、昇進されたんですって？　ええ？　すごいじゃないですか！」

どうして俺が、どうして俺が。Q工とひとつ言葉を交わすごとに、後藤はすすり泣きたいような気持ちになった。俺は有酸素しなければならないのに！　課長にしても野田にしてもミエちゃんにしても、あの忌々しい生活習慣病者たちは、誰も自ら動こうとしない。

「あれですね、もしかして後藤さん、またひとまわり大きくなりました……？」

必要最低限の雑談を終えると「では、今後ともよろしくお願いいたします」と後藤はすみやかに席を立った。時刻は、午後零時五十二分。畜生、話がアホみたいに長《な》げえ。もはや有酸素は諦めるどころか、昼休みさえ丸ごと潰されてしまった。

「あ、そうだったそうだった！」

ようやく別れを告げられたのに、後藤は元の場所に呼び戻されてしまった。

「こちら、つまらないものですが」

紙袋のひとつを渡される。「千疋屋」と書いてあって、どうやら中身はケーキだ。後藤は心底うんざりした。

「あれ、Q工務店の方、もう帰りました？」

執務室に戻ると、ミエちゃんが身動《みじろ》ぎした。ケーキの匂いに反応したらしい。

「……」

このとき、後藤は自分でもよくわからない行動をとった。慌てて紙袋を背後に隠したのだ。

「Q工務店の方は、もう帰りましたか？」

ミエちゃんが再度訊ねる。後藤は遅れて「帰った」と答えた。はじめ、後藤はそれをミエちゃんに渡そうとしていた。しかし、いきなり考えが変わった。

「手ぶらでしたか？」

「うん、手ぶらだった」

これをこの職場にバラ撒いてはならない！　後藤は天啓のように、突然そう思った。見ると、ミエちゃんは相変わらず太っていた。太っているのにひざ掛けを使っていた。体脂肪率、推定四十五パーセント。後藤は今更のようにしげしげと、この同僚の輪郭を目で追った。ミエちゃんは、痩せようとか思わないのだろうか？　こんなにデップリしているのに？　考えてみれば、女の体脂肪率って絶望的だよな。絞れてもせいぜい十パーだろ？　普通の人で二十五パーとして、それすなわち自分の四分の一が、意のままにならない部分ということになる。それって生き物としてどうなんだろう。自分が生きている実感とかあるのだろうか。俺などは体脂肪率が五パーを切っても、まだまだ自分の意志の行き届かなさを感じる。

この職場、体脂肪率、三十五パーセント。後藤は頭に浮かんだ自分の言葉に（うわあ……）と辟易した。しかし、いまの「第2」の体感は、まさにそんな感じだ。自分の思う通りに各位が動かない。

後藤は迷う前に、行動に移った。すなわちそのまま回れ右すると、同じ道を辿って一階にとって返し、守衛の裏手にあるゴミ収集所に向かった。罪悪感は、なかった。それより使命感に駆られていた。ズンズンと奥のほうに進み、入口から最も離れたところに、紙袋を破棄した。

「……」

後藤だって、食べ物を粗末にするのは嫌だ。けれど、いまのこの状況に限り、ケーキを捨てるのは、正義のアクション。だって皆さんあんなに太っているんだもの！　それに、こんなに我慢している自分の前で、無遠慮にケーキを食うとか許せない。

席に戻ると、後藤は思わず立ち止まった。野田がなおもテレビ電話をしていたのだ。時刻は、午後一時十三分。何度見ても午後一時十三分だった。

「あの、野田さん」と三度呼《みたび》ぶ。すると「あ、すみません」と今度は応じ、野田はそそくさと片づけを始めた。ふーん、ずいぶん落ち着いていやがる。後藤は眉間に深い皺を作った。お前はどう控え目に言ってもデブなのだから、もっと焦れよと思った。

この飽食の職場は、もっと締まらなければならない。後藤はケーキを捨てたのは正解だったと思い直した。あれだな、各位が自分の思い通りにならないのは、単純に各位が太っているからじゃないか？　この自分の意志が届かない感じは、減量が滞っているときの体感とそっくりだった。後藤は（こんなチームは嫌だ……）と思った。こんなダラけきったチームは。それに、こんなチームにいたら、自分もデブになりそうだ。

「ちょっと浮腫んでるのかもな……」

翌日、後藤はコーチの水野と会った。

「明日から塩分を二、三グラム減らそうか。あとはカリウムのサプリも飲むようにしよう」

後藤は「はい」と神妙に頷きながら、いいや、そういうレベルの話だろうかと思った。ここまで体重をコントロールできないのは、後藤にしても初めてのことだ。

「ファットバーナーも飲んでないでしょ。いまからでも遅くないから毎日飲むようにして」

「ファットバーナー」は脂肪燃焼を促進するサプリだ。正直いってサプリに頼るのはあまり気が進まないが、選り好みできる状況ではない。

「トレーニング後のメンテナンスはどうよ？」

後藤の筋肉が「疲れているように見える」と言う。

「ちゃんとストレッチはできてる？　湯船にも浸かれてる？」

後藤は「まあまあできてます」と答えた。水野はこの「トレーニング後のメンテナンス」を非常に重視するコーチだ。もともと後藤は滅多にストレッチせず、いつもシャワーで済ませる人だった。ストレッチといって、そんな床で伸びている暇があったら、一セットでも二セットでも多く筋トレしたほうがいいと思っていた。

「筋肉のメンテを疎《おろそ》かにしちゃ駄目だよ」

水野は叩き込むように何遍も言う。後藤は「もちろんです」と応じながら、その実、いまだに釈然とできないのが本音だった。やったほうがいいとは頭では理解しつつ、ストレッチだとか湯船だとかグルタミンだとかマッサージガンだとか、そういう取り組みは脇道というか、体《てい》のいい口実のようにも思えてしまうのだ。

「あと、メンタルのほうはどうなの？」

「え、メンタル、ですか……？」

今日の「カウンセリング」は長かった。減量が絶不調だから当然であるが、後藤は早くトレーニングに入りたかった。

「さいきん職場環境が変わったって言ってたじゃん。いまはカカリチョウなんでしょ？」

短い刈り上げに毛先をツンツンさせた水野に言われると、後藤は少し恥ずかしくなった。この人は世に言うサラリーマンなど、どこ吹く風のキャリアだろう。

「どうよ、カカリチョウは？」

「いや、普通ですよ」

「カカリチョウ」という響きもあんまり好きではない。何か、昭和のオッサンという感じがして。

「給料あがった？」

「いや、ぜんぜん」

実際のところ、月給は一・四倍になっていた。「第2」は主に大手ゼネコンを取引先とするチームで、扱う額も責任も大きい。「第1」はスーゼネ五社で「第3」は中小で「第4」はそれ以下の零細を相手にしている。

係長になってみないか、と打診されたとき、後藤はハッキリ言って、嬉しかった。それまで自分が肩書を持つことはないだろうと思っていたのだ。会社で出世するタイプにはいろいろあるが、例えばあの大学を出ているとか媚びるのが上手いとか、声が大きいとか酒を大量に飲むとか、いまの専務と大学で同じサークルだったとかいまの常務の奥サンの弟だとか、いずれにしても後藤はそれらのどれでもなかったので、自分が昇進することはないと思っていた。

が、実際に言われてみると、却って今更のような気もした。普段から自分がいちばん仕事デキるなあと思っていたのだ。そして、どうして他の人はこれほどまでに、仕事がデキないのだろうと。後藤は自分の仕事ぶりが順当に評価されたのが嬉しかった。大学とか媚びとか声量とは違う「仕事がデキる」という最も真っ当なところで、自分は認められたのだと。

「前より忙しくなった？」

「いえ、そんなことはないです。むしろ前のほうが忙しかったかも……」

しかし、案の定と言うべきか、係長も実際になってみると大変だった。「第３」や「第４」にいたときはほぼ個人プレーで、そもそも配下に人を持つということに後藤は慣れていなかった。

「じゃあ前よりラクチンってこと？」

「いいや、それはぜんぜんそうじゃないけど……」

いままで水野にメンタル如何など訊かれたことなかったのに、これも「疲れているように見える」せいだろうか。そんなの競技には関係ないだろうとは思いつつも、後藤は真摯に応えようとした。

「何というか、自分は人に仕事をやらせるのが下手というか……」

メンタル、メンタル、メンタール。いま自分のメンタルを脅かすものは、何だろう。

「相手に気を遣っちゃうってこと？」

「いいや、それというより、何でも自分でやったほうが早いというか……」

言いながら、後藤は薄っすら自分のことがわかった気がした。そうだ、リーダーは全部の仕事を、自分自身でできるわけじゃない。適宜自分の部下に仕事を振って、その出来を管理しなければならない。それが実際にやってみると、なんてもどかしいことか。

「自分の部下が自分の思うように動かないのに、想像以上に疲れるというか」

言うと、水野は豪快に笑った。ゴトウはマネージャーというよりプレーヤーなんだろうねと。だけど、役割なんて服と同じだから、やっているうちに勝手に板につく。後藤はふんふんと拝聴しつつ、それより早く筋トレしようよと思った。

「まだまだ間に合うから、諦めるなよ」

今年は絶対に勝とうな！　後藤は、このコーチに指導されているとき、自分を血統書つきのワンコになったように感じる。それか品評会にかけられるウマになったかのような。それは、奇妙に心地よかった。自分の身体がモノのように扱われるのは、何年くり返してもクセになる。

自分は、身体づくりを「自分らしさ」の追求だとは思わない。「自分磨き」の延長だとも思わない。こういう「ボディメイク」界隈にいると「過去の自分を超える」とか「自分と向き合う」とか「自分史上最高の身体になる」とか、やたらめったら「自分」が出てくる。とりわけ「自分らしく」が賞賛されて、身体づくりにそういう面があるのは否めないが、しかし「自分らしく」に言うほどの価値はあるのだろうか。ほっといたら誰だって「自分らしく」なれる。後藤が思うに「自分らしく」は、人が手を抜くときの常套句で、それを口癖のように唱えていたら、人間は最もヘナチョコな状態になってしまう。だって、この世に素のままで評価される人はいない。赤の他人に認められるために、誰しも懸命に努力するものだ。人間の価値はいつにしたって「自分らしく」を越えたところにある。

後藤は、型に嵌ったビルダーになりたかった。そして、どうせやるならシビアに評価されたかった。後藤の知る限り、この世で最もシビアなのは、自分ではない他人の眼差しだ。最もシビアで、予測不可能で、怖いほど絶対的なそれ。後藤はそれらに晒されているとき、やはり、自分がモノになっているのを感じる。そして、そういうモノになっているときに一番、自分が生きているように感じるのが不思議だった。


「E田組さんからの差し入れです」

次の日、午後三時を過ぎたころに、ミエちゃんの「巡礼」が始まった。まったく「第2」だと毎日のように差し入れが来る。

「あのさ、こういうの俺のところにはいらないから」

後藤は自分の机に置かれた『萩の月』を、そのままミエちゃんの持つ箱に戻した。

「遠慮しないで下さい」

「ぜんぜん遠慮してない」

「でもこれは皆のお菓子ですから」

いらねえと言っているのに差し戻される。つくづくデブは融通が利かない。そのとき、部長が背後に立った。

「あのさ、今晩、飲み会だから」

あのさ、今晩、飲み会だから？　後藤は身体ごと後ろを振り返った。

「N島建設の名古屋の方が、たまたまこっちに来てるんだって」

何てこった、どうして皆さん、うちの会社の近くに来てしまうのだろう。

「行くよな？」

「……」

部長の体脂肪率、推定二十六パーセント。部長は身長百五十センチのミニデブだった。顔も生白《なまっちろ》く、四・五頭身で、脚も非常に短いとなれば、よくもまあその身体で俺に指図できるなあと思う。

その日、後藤は脚がズタズタだった。昨日の水野とのパーソナルで張り切ってしまって、それこそトレーニング後のメンテナンスじゃないが、今日はパパッと肩トレをやって早めに寝ようと思っていたのだ。筋肉痛にはとにかく寝るに限る。それでなくてもアルコールは身体づくりの大敵で、後藤はオンでもオフでも飲酒はしなかった。飲もうと思えば飲めはするが、もともとあんまり好きではないのだ。

あのー、今日は身体がダルいんで無理っすー（というより大会準備で酒は無理っすー）と、いっとき、そうして断ろうとしたが、しかし、この部長は言わずと知れた鬼だった。課長はその図体にして温厚なほうだが、部長はその図体にして強権である。何より、後藤はいまの自分が「カカリチョウ」であることを思い出した。すると、自分の部下の見ている前で「無理」などとはとても言えなかった。

「……行きます」

後藤が、というよりリーダーの口が、むしろ平然と答えた。

「名古屋のほうは次の話もあるからなー」

部長は部下の内なる葛藤など露も知らず「絶対にうちに発注させるぞ！」と檄を飛ばす。それに「はい！」などと応じながら、後藤の頭の中ではドミノ式に五つくらいの予定変更《リスケ》が行われていた。まず、今日の肩トレは三ないし四時間遅れ。午後四時の四食目はキャンセル。午後十時にジムに入店できるとして、だったら五食目は午後十一時半。恐らく保冷剤はもたないだろう。睡眠がマックス四時間として、もしもいまの筋肉痛が治らなければ、最悪明日はトレーニングオフ。畜生、N島建設の気まぐれのせいで、自分のスケジュールがぜんぶ狂ってしまう。

「いつもの銀座の店にしますか。自分いまから予約しますよ」

しかし、後藤は瞬時に頭を切り替えると、むしろ率先して言った。「いつもの銀座の店」とはとある高級割烹料理屋で、いまの後藤の中で唯一オーケーを出せる店だ。味つけは薄く、素材は質素で、日本酒と焼酎しか置いていない。芸能人もときどき来る店だというから、接待の場としても申し分ないだろう。

「四人で予約しときました。うちの面子《めんつ》は部長、課長、自分でいいですね？　六時開始、八時終了です」

あまりにスピーディーな幹事っぷりに、部長は「ちょっと待て」と制した。

「六時はちょっと早くないか？」

クソ、早口大会みたいに言ったのにちゃんと聞き留めていたか。確かにアグレッシブな時間設定だったが、後藤も妥協するわけにはいかない。

「その時間帯じゃないと席を取れませんでした」

大嘘だったが、部長は信じた。

「それに、向こうの新幹線の時間もありますし」

「ああそうだな、早いほうがいいか」

直後、後藤は「あああ！」と叫んだ。ものすごい閃きに見舞われたのだ。そうだ、これって、大島に行かせてもいいのでは？　大島ならN島建設を知っているし、何ならこのまえ担当になったばかりだ。

「大島、今晩の飲み会に行ける？」

むしろここは大島が出ばるべきだ。さっそく訊くと「え、何のことです？」と大島はスローモーションで返した。カフェラテのクリーミーな泡が口許についている。お前はデブなのだからブラックで飲めよと思った。

「今晩、N島の営業と飲み会」

「Nジマ……？」

デブは総じて理解が遅い。

「ほら、このまえ詰所を受注したところ」

「あー、このまえ詰所を受注したところですね？」

つーか、たとえ自分に関係なくても、就業中は周囲の動向に耳を澄ませろ。

「今晩、そのN島と飲み会なんだけど」

「あー、そういうことですか……そうですねえ、自分はパスします」

後藤はカッと腹が熱くなった。

「いやいや、担当なんだから、ここは行っとけよ」

「でもそんな急に言われても……」

このデブ、俺の代わりに行けないっていうのか。どう考えてもお前のほうがカロリーとの親和性が高いだろ。脂肪だったら脂肪らしく、それ以外の部分の人柱になるべきだ。

「オオシマー、お前、担当なんだろ？」

ハッと振り返ると、部長だった。部長が自分を援護射撃している！

「ここは挨拶しとけよ」

部長に窘《たしな》められると、大島はまごついた。

「あの、実は今日は自分、クリニックに行かないといけなくて……」

ああ？　クリニックに行かないといけないだあ？　そんなのいくらでも別日にできるだろ。

後藤がそうしろと迫ろうとすると、部長が先に口を開いた。

「クリニックって何だよ」

え、それ訊いちゃう？　当世らしからぬ詮索だった。

「あの、ちょっと関節系の……」

「カンセツ系？」

「実は自分、子供のころから膝が悪くて……」

後藤の黒目が、キラリと光った。

「それさ、お前がデブだからだろ？」

大島が「え？」と顔を上げた。

「お前がデブだから膝が痛いんだろ？」

一同は、水を打ったように静まり返った。後藤は自分がマズい発言をしたことに気づいた。

「ゴトウさー、それはないだろー」

課長がいなすように眉を顰《ひそ》める。

「人の体型をディスるのはコンプラ違反だぞ」

「……」

後藤は（コンプライアンス……）と顎を引いた。しかし、とうてい納得することはできない。自分は物事を写実的に描写しただけだ。イヌを「イヌ」と呼称するように、デブを「デブ」と呼称しただけ。事物をありのままに表現して、いったい何が悪いのだろう。第一にしてナア、自分にしても、毎年のように赤の他人から「ディス」られている。ひとたびステージに立ったビルダーというのは、審査員《ジャッジ》に自分の体型を酷評《ジャッジ》されるものだ。ココが足りないとかココが乗りすぎとか、アレがダメとかアレがザンネンとか、その厳しさを思い返したときに、どう考えても世の中はデブに甘すぎた。

「あんまり人を傷つけるようなことは言うなよ」

そうして後藤の謝罪を促すような雰囲気になると「いや、いいんですよ」と大島が遮った。

「むしろ声を掛けてもらってありがとうございます。また別の機会に誘ってください」

あらまあ、デブって人に優しいなあ。後藤は一瞬、反省しかけた。しかし、二十四時間、三百六十五日、欲望が満たされているのだから、そりゃ当然の話か。

「お前も早く膝なおせよ」

「そうそう、身体が一番だから」

部長と課長が相次いでひとりのデブを労《ねぎら》う。どうやら後藤が「デブ」と言ったことが、同族たちのシンパシーを誘ったようだ。「身体が一番」なのは、自分にしても同じなのに。自分だってこの身体を労《いたわ》りたいのに。こんなに普段から自己管理している自分にすれば、コンプラ云々と言われたところで、そんなのはただの不条理だった。

「何時に出る？」

「……」

結局、飲み会には後藤が参加することになった。

「……五時半に正面エントランスで」

無念に目を伏せたその先には、大島の散らかった机があった。そこには開けたばかりのアルフォートがあった。開けたばかりのブラックサンダーもあった。デブっつーのはどいつもこいつも、凶器のように甘いものを机に忍ばせている。後藤は（いっそ刑務所に入りたい……）と思った。刑務所だったら何を何時に食うか決まりきっているし、そもそも飲み会がないだろう。ハハハ、それってサイコーじゃん。きつく目を擦《こす》りながらタクシーを呼んだ。


「お前も今晩、何か用事あったの？」

道中、部長が後藤に訊ねた。

「いえ、別に」

「そろそろコレなの？」

バックミラーごしのフロント・ダブル・バイセップス。そうだよ、そろそろソレだよ。脳裏に（八十・三キロ）が点滅する。ああ、俺はこんなノンキにタクシーに乗って、いまだに八十キロ台なのだ！

「いやー、お前も忙しいんだろうとは思ったんだけど、大島よりお前のほうが客ウケがいいからさ」

仕事のデキる男ってツラいな。後藤は横目に外を見ながら、一時的に糖の吸収を抑えるサプリを飲んだ。薬局で売っている「カロリミット」とは違う、ビルダー用の海外のものだ。

「大島も、もうちょっと何とかならないかなあ……」

今度は課長が、フウと息をつく。メタボは常人より稼働音が多い。フウとかハアとかヘエとかヒイとか、とにかく息をつかずにはおれないのだ。

「あいつ、この前も遅刻したよな。本当にだらしないやつだ」

デブの言う「だらしない」ほど笑止千万なものもないが、確かに大島はだらしなかった。

「実は先週、俺のところにクレームが来たよ」

部長が言うと、課長が「え？」と目を向けた。「後藤は知ってるだろ」と話を振られる。後藤はサプリが食道を通過するのを待って「はい」と遅れて答えた。

「あいつ、打ち合わせをスッポかしたみたいで。担当を変えて下さいって泣きつかれたよ」

M田エンジニアリングの件だった。そのときは後藤がサポートに入って、何とか事なきを得たのだった。まったく泣きつきたいのはこっちだ。

「後藤ももっと、大島を見てやってくれよ」

「うーん、僕なりに見てますよ。何というか、大島には自分の言葉が届かないというか……」

危うく「あいつは体脂肪ですから」と言いそうになった。事実、後藤も大島にはあれこれ言うが、大島は同じミスを何度も繰り返すし、同じことを何度も言わせるし、そもそも自分のアドバイスを取り入れようとしない。そういうやつに時間を割くほど、後藤も聖人君子ではなかった。

担当を変えて下さい？　M田の言葉が蘇り、そして、留まった。後藤はしばし黙ったあとに、自分がこう発言するのを聞いた。

「大島ですけど『第2』から外せませんかね？」

バックミラーの部長と課長が、同時にスマホから目を上げた。

「いちど『第3』か『第4』で仕事したほうがいいと思います。あっちだと全部を自分でやるから、いまよりも力がつく」

後藤は、そのようなことをつらつらと述べた。たったいまの思いつきなのに、自分でも不気味なほど理路整然としていた。

「それは俺もずっと思ってた」

課長が二重顎で同意する。絶対「ずっと思ってた」は嘘だろ。そして、驚くべきことが起きた。その狭々とした後部座席で、大島の配置換えが論じられはじめたのだ。

「ひとり減っても大丈夫か？」

「……ええ、何とかなります」

後藤は最初は戸惑った。あまりに自分の意見がすんなり聞き入れられて。しかし、考えてみればそれは当然だろう。いまの自分は係長なのだから。前より自分の意見が尊重されるのは、組織として極めて当然のことだ。

「いつからいけるの？」

「え、いつから……？」

この部長の問いに、後藤は少しヒヤリとした。いきなり話が具体的になった気がして。大島が抜けたら、自分と野田と菊池、この三人で「第2」を回すことになる。

「ちょうど『第4』でひとり辞めたんだよ」

「え、そうなんですか……？」

部長がボリボリと後頭部を掻く。後藤は正面を見たまま、あえて何も考えないようにした。自分の発言の重さに自分で動揺した。しかし、一方で胸がゾクゾクするのは抑えられなかった。近日、大島がいなくなるかもしれない。近日、大島がいなくなるかもしれない。そう考えるだけで、身体が熱くなった。


N島建設の担当者は、会うなり後藤の肩を叩いた。

「後藤クン、相変わらずいい身体してるね」

後藤は人に会うと、八割方そう言われる。

「会うの一年振りだよね？」

「ええ、もう一年になりますね」

確か去年に会ったときも、後藤は減量の真っただ中にいた。

「何か今年は元気そうじゃん」

「え、自分、元気そうです……？」

思わぬコメントに動揺する。

「いやさ、後藤クンって、いつもゲッソリしてるイメージだから」

今年は「血色がいい」という。後藤は（おいおいおい……）と思った。「元気そう」じゃ困るんだよ。だから今年は減量で躓《つまず》いているのだろうか？

四人は個室のテーブル席についた。さっそく競うようにメニューを覗き込む。

「いきなり日本酒にしちゃいますか？」

「〇〇〇はどうです？」

「△△△もいいですね！」

後藤は酒の名前が全くわからない。日本酒と焼酎の区別も怪しい。

「お、□□□とは珍しいですね」

「□□□より◇◇◇のほうが辛口ですよ」

たかが液体にここまで興じられるのも才能だよな。酒が来ると、後藤は中腰になり、右の腹斜筋を意識しながら、N島建設に酌をした。透明な酒が、傾けた分だけ、ダラダラとお猪口に零れ落ちる。

「いまどきの人は、時計しないの？」

N島建設は、後藤の手首を見ていた。

「あれでしょ、最近の人はスマホで見るんでしょ」

「もういい時計かえるくらいの金はあるだろー」

「後藤クンは御社のホープだから！」

ガハハハハと場が盛り上がる。そうしているうちに次の△△△が来て、一同は再び「かんぱーい」となった。後藤は必死に飲んでいるフリに徹した。料理が来るとひたすら喋るようにした。カッコいい時計を是非とも買いたいが、どれがいいのかわからない。セイコーだー、シチズンだー、カシオだー。後藤クンは何か国産って感じだよね。基本的にものを喋っている間、人間はものを飲み食いできない。喋る器官と飲み食いする器官が同じというのは、何とも憎い設計だった。

「時計は時計屋で買いなよ」

「そうそう、電気屋じゃないほうがいい」

N島建設が自分のロレックスを自慢する。ウン十万円したという。何がいいのか、サッパリわからない。何なら積極的にわかりたくない。だってつけてるのがこのオッサンじゃあなあ。豚に真珠、猫に小判、冴えない中年にウン十万円のロレックス。無価値な身体にこういうものはいちばん似合わない。

「後藤クン、車はどうなの？」

注文した料理が次々と来る。後藤はサラダの大皿を取り分けながら、いっそ嘘をつこうかと考えた。が、結局は「持ってないです」と正直に答え「えー、何でー？」の大合唱が起こった。畜生、思っていたよりドレッシングが過剰だ。前に来たときはこんなんじゃなかったのに。後藤はオペ中の外科医のような気持ちで、ドレッシングをかわしたレタスを自分の皿に集めた。

「車くらい持たないと駄目だぞー」

課長がバヨヨンとのたまう。よくそのハラで俺に説教できるなあと思う。どのツラ下げてならぬどのハラ下げて。あれだな、こういうハラの持ち主というのは、上から自分の股間とか見えるのだろうか。後藤にすればそのハラのほうがよっぽど「駄目」で、それを放置するメンタリティたるや謎も謎っちゅーか、これだったら飛鳥時代とかに生きた人間のほうがまだ互いにわかり合えそうだ。

「東京だからいらないいって感じ？」

「俺は三十五のときにレクサスを買ったぞ！」

後藤は懸命に相槌を打ちながら、同じレタスをいつまでも咀嚼した。まったく、ロレックスだのレクサスだの、このパッとしないオッサンたちはそんなものにしか価値を見出せないのだろうか。後藤にすればロレックスのデブよりミサンガのビルダーのほうが上だ。レクサスのデブより徒歩のビルダーのほうが上だ。だって、どう考えたってそうだろ。どんなに高価な物品にしても、それらは究極的には自分のものではない。そのときたまたま自分の近くにあるだけのものだ。この世で唯一自分のものと言っていいのは、この自分の身体だけだ。

「あれ、後藤クン、ぜんぜん飲んでないじゃん！」

とうとうバレてしまったか……少し顔が赤くなってきたN島建設が、やおらその場で立ち上がる。自らも同じように中腰になると、後藤はその酌を有難く受けた。そして、いっとき逡巡したあとに、それをそのままクイッとやった。すると皆が喜ぶ喜ぶ。そうそう、若いんだから、もっと飲めるっしょ！　後藤は口を閉じたままニッとはにかむ。

「次の☆☆☆いっちゃいます？」

「いっちゃおういっちゃおう！」

酒は、口に含んだだけでものすごく不味かった。後藤にこれを飲み込むつもりは毛頭ない。周囲の注意が逸れた隙に、後藤は手許のお冷を引き寄せると、その中に口の中のものを全部はき出した。

「……」

実は、減量中の飲み会になると、後藤はいつもこうしている。ご歓談中に、そんな不潔なマネできるか。ハッキリ言って、これはできた。ビールその他だったら無理だろうが、何しろ酒が透明だから、酒を吐き出すさいはお冷を飲む素振り、すなわち上唇を傾けたお冷に浸す状態で、無音のうちに事は成された。プールで失禁するガキも小便が有色だからそうと気づかれるに過ぎない。

「後藤クン、お酒つよいねー」

「ぜんぜん顔に出ないよな」

そりゃあ飲んでないからな。後藤は淡々とコップを傾けながら『ボッコちゃん』のようにしれっとした。

「見るからに酒に強そうだもんな」

そうして、お冷の水位は着実に増した。それは水と酒と自分の唾液が三位一体となった、世にも汚い液体である。しかし、後藤はそこまでしてでも酒を飲みたくなかった。

「おお、いったい何だこれ！」

宴もたけなわ、そのシメの☆☆に、一同は非常に驚いた。

「こんな色の焼酎みたことねーよ！」

課長のシャウトと自分の心の声が完全一致する。その酒は、何と、赤かった。後藤は凝然と冷や汗を掻いた。

「唐辛子の焼酎だって」

そして、最も恐れていた事態が起きた。

「後藤さ、それちょっと飲んでみてよ」

部長からの命だった。

「そうだね、どんな味かわからないし」

「……激辛だったらどうしよう」

後藤は真っ先に、こう思った。俺は、お前らのお毒見番じゃない。貴方がたは、俺のこの身体を何だと思ってる。ビルダーの身体を何だと思ってる。自分の身体が実験体のように扱われていることに、後藤は虫唾が走った。

目を上げると、全員が自分を見ていた。

「……」

しかし、ここは飲んでみせるしかなかった。一介のしがないリーマンとして。大丈夫だ、この一杯くらい、飲んだっていいだろう。後藤は三人の目に凝視されながら、捨て身でその酒を呷った。

「おお、一気にいったね」

「どんな味？」

「……」

いま口を開けたら大変なことになる。

「おい、どんな味なんだよ」

「けっこう辛い？」

「……」

この一口くらい、飲んだっていいだろう。後藤は何度も自分にそう言い聞かせ、不動の喉に（いけ！）と命じた。一口分のアルコールなんて、飲んでも誤差の範囲だ。

「……」

しかし、どうしてもできなかった。喉が頑として動かないのだ。この一口で、トレーニングの質が落ちるかもしれない。減量がゲームオーバーになるかもしれない。そう思うと、とてもできなかった。

「おい、どうなんだよ！」

そのとき、周囲がドヨヨとざわめいた。壁ごしに隣のテーブル客が叫んだ。おい、あの席にいるの、シンジョウじゃないか？　全員が銃声でも聞いたかのようにハッと緊張した。

「え、どこどこ？」

課長が通路に躍り出る。部長とN島建設もそれに続き、後藤は（神様！）と目を瞠った。騒ぎに乗じてトイレに駆け込み、ドアを開けるなり口の中のものを洗面台にぶちまけた。

「……」

そうして、ひとしきり放心した。自分はいったい、何をしているんだろう。吐いた酒は、思っていたより赤かった。粘膜に残ったやつが依然として不味い。蛇口の水でブクブクとやって、ようよう顔を上げてみると、ぞんがい澄ました顔の自分が、間抜けに口許を濡らして突っ立っている。

「……」

後藤はそのときだけ、飲み会のことを忘れた。トレーニングのことも食事のことも、体重のことも大会のことも忘れた。自分、いい身体してんなーと思ったのだ。自分の立ち姿にしげしげと見入った。

「……」

あれだな、この便所、なかなか照明の当たりがいい。元のテーブルに戻る気が起こらず、後藤は思い切ってワイシャツのボタンを下から外した。そうしてグッと腹を凹ませてみた。んん、思った以上に絞れてるじゃないか。ピチピチと腹を引っ張ってみると、もうほとんど肉は摑めず、皮膚だけがゴムのように、ただただ引っ張った分だけ伸びる。

まだまだ間に合うから、諦めるなよ。こんな状況なのに、後藤は奇妙に前向きになった。立ち位置を変えてサイドポーズをとってみる。ほら、なかなかいいじゃないか。なかなかいいじゃないか！　自分の身体がキマっていると、他のことなど吹っ飛んでしまう。

そのうち、誰かが来そうな気配がした。大急ぎでシャツを元に戻し、何事もなかったかのように席につく。残念なことに「シンジョウ」は人違いだったらしい。

「僕は名古屋でオチアイを見ましたよー」

時刻は、午後七時五十二分。幸いなことに、お開きモードになっていた。

「新幹線の時間は大丈夫ですか？」

後藤はトドメのように酌をしながら、上目づかいにそう訊ねる。


翌朝、体重計の上で、アッと叫んだ。七十八・四キロだったのだ！　大会まで残り五週間となって、ようやっと八十キロを切った。

しかし、いったいなぜだろう。どれだけ飲み会の席で自制しても、事後は必ず体重が増える。直後、水野からＬＩＮＥが入り、バンザイしているペンギンのスタンプだった。この体重計は去年新調したもので、逐次アプリに結果が反映されるのだ。初期設定で少し手こずったが、前のアナログのやつより高性能である。

とは言え、油断してはならない。出場するのは「七十五キロ以下級」であるが、後藤の場合、上位を狙うのであれば「計量日までに七十五キロ以下」ではなく「その二日前までに七十四キロ以下」になっていなければならない。一般にボディビルダーにとって減量が終わるのは、大会当日ではなくその数日前だ。本番で最も身体が漲るように、選手たちは大会直前になると、カーボアップと呼ばれる炭水化物の集中補給を行う。例年、後藤はこれで一キロ弱は体重が増えるから、七十五キロよりはあともう少し絞らなければならない。ひとつでも上の順位を目指すのであれば。

この日は、思いも寄らぬことが起きた。大島が部長に呼び出されたのだ。例の配置換えの件が頭を過《よぎ》ったが、いやいや、昨日の今日だと思い直した。

「大島だけど、来週から『第4』だから」

そのあと、後藤も別室に呼ばれた。

「お前、いつでもいいって言ったよな？　引継ぎをよろしく頼むよ」

これにはしばし、呆然とした。自分の意見が、こんなにあっさり通るとは。意見というより半分は思いつきだった。しかし、よくよく聞いてみると、大島にしても「第2」は「けっこうキツかった」らしい。

「大島さん、異動になったんですか？」

午後になると、本件は野田と菊池の耳にも入り、菊池が小声で訊ねた。

「ずいぶん急ですね」

「俺もさっき言われたばかり」

後藤は素知らぬ顔を通した。自分にしてもサプライズだとばかりに。

「三人で回せますかね？」

「『ホープ』がいれば大丈夫でしょう」

野田がヘラヘラとそんなことを言う。後藤も「何とかなるよ」と応じながら、貴職も粉骨砕身で働けと思った。

「忙しいときは課長も手伝うって」

引継ぎといって、大したことはなかった。ものの二十分で終わった。大島はいそいそと机を片づけ「短い間でしたが、お世話になりました」と、何と、その翌日には皆に言いに来た。

「いろいろ教えて貰って、ありがとうございます」

デブでも迅速に行動できるのだと感心する。

「たくさん迷惑かけて、すみませんでした」

こうして、大島は呆気なく「第2」から消えた。あまりにひっそりとした幕引きだった。そのあたりから、菊池は午前八時に出勤してくるようになった。新たな仕事を振られると張り切るタイプのようだ。野田も前よりは忙しそうにしはじめ、たびたび残業もするようになった。

そんな二人に挟まれながら、後藤自身もせっせと働いた。

後藤は（チームが締まった）と思った。その実感は日ごとに増した。一人がいなくなったことで、残った者らが活性化している。自分たちはいままでと同じ仕事を、より少ない人数でこなしている。それは、何て気持ちいいのだろう。要するに無駄が削減されたということ。この気持ちよさは、減量が上手くいっているときの体感と同じ。昨日より体重が減っているときの感動と同じ。

「後藤さん、長岡支店から電話です」

ミエちゃんがブヨヨと電話を取り次ぐ。

「菊池、ちょっと出てもらえる？」

菊池は「はい！」と素早く応じ、後藤はこれに打たれた。以前より自分の意志が行き届いている。いまのこの職場、体脂肪率、十五パーセント。あるいは、自分は本能的に、こうなることを知っていたのではないか？　自覚したのはたったいまだが、大島が消えればチームの締まることを、自分はあらかじめ知っていたのではないか？

「後藤クン、何か元気ないけど、大丈夫？」

ある朝、更衣室で鈴木にそう訊かれた。レンタール陸上部の市民ランナーだ。

「自分、元気なさそうです？」

後藤はハッと顔を上げた。その日の朝も四十分歩いていた。

「ここに髭が残ってる」

「ここ」に触れるとザラリとした。頬が落ち窪んだ結果だった。鈴木曰く、後藤は減量末期になると、いつも「ここ」に剃り残しがあるという。

「いま『第2』って三人しかヒトがいないんでしょ？」

鈴木は後藤が新米マネージャーであることを知っていた。

「大変だろうけど、リーダーはどんどん仕事を下に振ったほうがいいよ。あまり一人で抱え込まないで」

鈴木その人も、営業部の課長だった。この人と普段はしない仕事の話に、後藤は少し改まった。

「そうですね、皆けっこう忙しそうだから、つい自分でやっちゃうんですよね」

「ぜんぜん遠慮する必要はないよ。それだけの責任を負ってるわけだし」

「それに」と鈴木は続けた。

「部下は上司の手足だから。組織ってのはそういうもんでしょ」

鈴木と別れ、後藤はひとり階段を上った。その日の体重は、七十七・四キロだった。何とか停滞期を抜けたようだ。後藤は密かに、こう思い始めていた。大島が抜けたからだろうと。

いくら人手不足の世の中とはいえ、いないほうがいい人というのは必ずいる。いないことで最も職場に尽くすタイプ。いないことで最もハイパフォーマンスなタイプ。大島にできる最大の貢献は「不在」の二文字だったのだ。

つくづく、やつは体脂肪だった。

曰く、部下は上司の手足だから。言われてみれば、それはそうだろう。きっと自分のように仕事熱心な者は、自分のチームをあたかも自分の身体のように感じる。だから思い通りにならないと腹が立って、そして、酷く悲しいのだ。大丈夫だ、俺はちゃんとリーダーを張れる。後藤はひとつ瞬きすると（俺はプレーヤーなだけじゃない）と思った。

三人体制になって二週間が過ぎたころに、エレベーターの前で大島を見かけた。大島はいまは地上三階に詰めているのに、十年一日で階段を使わず、貴族のようにエレベーターを待っている。それも「第2」にいたときとは違って、なぜだか松葉杖を突いている。後藤は（あーあ）と思った。せっかく低層階に移ったのに見事に故障してやがる。

改めて、自分はいい仕事をしたと思った。もともと「第2」はアットホームすぎたのだ。自分はいままで誰もしてこなかった、チームの改革を果たした。デブには決してすることのできない、ストイックな組織改革を。

前は、自分が出世することはないと思っていた。自分が肩書を持つことはないだろうと。いいや、君さ、それは嘘だ。君は本当は、虎視眈々と、いつ自分は偉くなるんだろうと考えていた。ひとたび係長になってしまえば、そんなことにも気づかされる。そして、自分はもっと偉くなるだろう。自分は課長になるし、部長になるし、それ以降の立場にもゆくゆくはなる。仕事のデキる者の宿命として。

大島は、よたよたとエレベーターに乗り込んだ。後藤はもう何とも思わなかった。自分でも爽快を覚えるほどに、大島の一挙手一投足に苛立たない。なぜって、もうあいつは自分の一部分ではないから。

「悪いけど、いまから浜松に行って」

翌週の午前十時だった。フラリと「第2」に来たかと思うと、部長は後藤に出張を命じた。

「急遽、人手が要るみたい。さっき支店から連絡が来て」

後藤の返事は、コンマ二秒で固まった。大会まで残り半月となって、今朝の体重は、七十六・五キロ。大島が消滅してからというもの順調に体重は落ちていたが、ここ数日は再び止まっていた。

「すみません、今回は勘弁して下さい」

深々と頭を下げる。あと半月で三キロを落とすことを考えると、まだまだ減量は予断を許さない。減量のコツというのは、以下に尽きる。ひたすら同じ生活に徹することだ。今日を昨日のコピーのように生きること。寸分たがわず、決まりきった生活を、どれだけ忠実に再現できるか。いまは急な出張など論外だった。

「え、無理なの？　どうして？」

後藤はしばし迷ったあとに、このさいハッキリ言うことにした。

「ボディビルの大会準備で無理です」

すると、周囲はシーンとした。次いで部長が小さく噴き出した。

「まあまあ、筋トレなんて、どこにいてもできるでしょ」

「……」

大会準備、イコール筋トレではない。こういう無理解ゆえに後藤は競技について、滅多に自分から話すことはなかった。

「後藤もさー、それ以上ムキムキにならなくていいでしょ」

課長がブヨヨと口を挟む。見ると、野田もイヒヒとしている。そうですよ、後藤さん、ストイックすぎますよ。たまには地方でリフレッシュしたら？　申し訳ない、偏差値三〇の身体に何を言われたところで（いいから痩せろ）と思うだけだ。

話を聞くと、問題となっているのはトレーラーの運転手不足だった。臨海部にある僻地の建設地に、今晩から明後日の夜にかけて、七五〇トンクレーンを動員するという。大型のクレーンは現地組立になるため、そのパーツの回送は一大イベントだ。なのに、下請のドライバーが揃って熱を出して、にっちもさっちも行かなくなった。

「……大型ですよね？」

「それと牽引」

レンタールに新卒で入社した者は、以下の免許の取得を強く推奨される。中型、大型、そして牽引。さらにはフォークリフトと小型クレーンと、高所作業車と有機溶剤と、玉掛けとガス溶接と酸欠もあるといい。会社が金を出すこともあって、資格マニアだったらうるさいほど持っていた。

「後藤の運転が上手いって聞いて」

「ぜんぜん上手くないですよ。最後に運転したのも二年前だし」

後藤は「第4」に在籍していたころ、しばしば自分で重機の回送をやった。そちらのほうが早くて安かったから。

「それだったら『第1』の人は？」

チラと執務室の反対側を窺う。「第1」には総勢八人の人間がいるから、大型と牽引だったら誰かが持っているだろう。

「それがいま全員、手一杯で……」

部長は、流石にすまなそうに告げた。その七五〇トンの発注者であるが、何と、S水建設だそうだ。本来だったら「第1」の客で、後藤はここに事態を察した。なるほど、他の発注者だったら納期変更の交渉もするが、今回だけは絶対にヘマできない。いいや、絶対にヘマしたくない。

後藤は、厳然と野田を振り向いた。

「野田さん、免許もってますよね？」

「え、それ僕に言ってる……？」

ぬかせ、こちとら「野田さん」とお名前をお呼びしただろ！　菊池はまだ普通しか持っていないが、野田はその二種類の免許を持っている。あのな、たまにはお前が出ばれ。おデブはデスクワークなどせずに、ネズミのように這い回ることだ。

「野田さ、行ってくれるか？」

部長が野田に向き合う。自分から白羽の矢が逸れたことに、後藤は心から安堵した。今日の晩は水野と会う予定で、ドタキャンすることなど考えられなかった。

「あの、実は自分、免許はあるんですけど、いちど事故を起こしてるんですよね……」

え、と一同が目を向ける。いちど事故を起こしている？　訊くと、いまからちょうど五年前に、トレーラーのケツを標識のポールにぶつけたそうだ。

「たまたま物損で済みましたけど、あそこに人がいたらと思うと……」

ポールは、四十五度くらいに折れ曲がったという。部長の決断は早かった。

「そうか、そういうことならお前はいい。後藤さ、やっぱりお前が行け！」

そ、そんな理不尽な話があるか！　後藤は言葉を失った。しかし、自分も部長の立場だったら同じ判断になるだろう。回送中に事故ったら納期どころじゃない。

が、ここは思い直して貰わねばならなかった。

「野田さん、仮にも免許を取ったんだから、次から気をつければ大丈夫ですよ」

後藤は努めて明るく励ました。ところが野田は「いや、僕には……」などと言う。その姿には、後藤もこう思わざるを得なかった。こいつに運転を任せるのは、何か、ヤバそうだと。

「後藤さあ、お前は行けねえのかよ？」

後藤はできることなら耳を塞ぎたかった。なぜって、いまの部長の憤りが手に取るようにわかる。自分の意志が、配下に届かない。トップの指示がダウンに流れていかない。S水はうちの最重要取引先なのに、つまらん人手不足と従業員のプライベートのせいで、その信頼はここに失墜。そんなの許容できるわけがなかった。

それでも、自分だけが犠牲になることに、やっぱり後藤は納得しかねた。

「本当に申し訳ありません！」

椅子から選手宣誓のように立ち上がって謝る。異変を感じたのは、そのときである。

「……」

いま、腹の肉が揺れなかったか？　いいや、そんなのは気のせいだ。いまの自分は、体脂肪率、八パーセント。ブヨヨとなる贅肉など、あるはずがない。

「後藤もどうしても無理か……」

部長が無念そうに目を伏せる。すると、微動だにしていないにもかかわらず後藤はブヨヨを感じ、その感覚に身の毛がよだった。皮下脂肪はバカの脳味噌みたいに密度が小さいから、正規の動作に追従できず、タイムラグでブヨヨとなる。

後藤は、いっとき混乱した。何が起こったのかわからなかった。大島の顔が頭を過り、すぐに答えがわかった。きっと、いまの自分は体脂肪なのだ。組織の意志に従わないから。「いえ、部長」と口がひとりでに動いた。

「やっぱり自分が行きます」

「え、ホント？」

部長の顔が、パッと輝く。

「よし、それがオトコってやつだ！」

バシン！　といっぱつ肩を叩かれる。そのとき、後藤はブヨヨとすると思って、息を詰めて身構えた。しかし、その甲斐があったのかなかったのか、ブヨヨは体感されなかった。

「後藤のフットワークにはいつも助けられるなー」

その後、後藤は十六時二十五分発のひかり号に乗ることになった。しばし自席で呆然とした。痛恨の思いでLINEを開き、水野にパーソナルをキャンセルする旨を伝える。水野の返信はビックリするほど早い。「承知」の一言で、それだけだった。

「じゃあ頼むよ、チームリーダー」

マジで頼られる男ってツライ。しかし、そこには確かなことがあった。その後、どう動いても、どう止まっても、さっきのブヨヨが、身体から抜けたのだ。


その晩、後藤は国道を走った。

トレーラーの座席は、いつ乗っても高い。大型車両を運転しているというより、こちらが目的地へ導かれているようだ。背後の荷台には、クレーンの腕《ブーム》が載せられていた。今回の七五〇トンクレーンの場合、全部で十八のパーツがあって、これは根元から三番目のブームになる。

肝心のドライバーは、後藤も含めて何とか六人が確保されていた。一人あたり三往復になるが、クレーンの倉庫から建設地まで、片道二時間はかかる。すると納期の「明後日の夜」は、なるほどギリギリの勝負だった。事実、この時間帯でも道が渋滞していて、なかなか思うように飛ばせない。

時刻は、既に午後十時を過ぎた。ジリジリと前の車に続きながら、後藤は、野田のことを思い出していた。五年前に事故ったというが、考えてみれば、それはそうだろう。デブは自分自身の身体すらコントロールできない。そんなままならない生き物に、大型車両を駆れるわけがないのだ。

広い駐車場のあるコンビニの前を、後藤は少し迷った末に通り過ぎた。新幹線で卵を食って、二時間前にプロテインを飲んで、それから何も食べていなかったが、ここは慎もうと思った。長距離運転だと食っても消費できない。

こうしていると、まだ「第4」にいたころ、半年あまり地方を転々としていた時期が蘇ってくる。あのときは毎日きまった時間にジムに行けず、きまったものを摂取できず、きまった場所で休息できず、日を追うごとに筋量が減って、大会では予選落ちの憂き目に遭った。

まあまあ、筋トレなんて、どこにいてもできるでしょ。あのなあ、部長さん、そりゃあとんだ認識違いだ。ビルダーは変化にとっても弱い。少しでも環境が整わないと、そういう絶滅危惧種のように儚く消えてしまうのだ。こと衣食住の「衣」以外に関し、自分たちに何でもいいはあり得ない。

その半年間の転々が終わり、しばらく本社勤務となったときは、ジムとは極めて文化的な施設だと、しみじみと感じ入ったものだ。東京に戻ると、瞬く間に身体も元に戻った。ビルダーとは全般に都会の生き物である。前に「野生児」云々と言われたが、ビルダーほど「自然」から遠い人たちを、後藤は他に知らなかった。

午後十一時、建設地のゲートを通り、敷鉄板をガタガタと言わせながら、後藤はだだっ広いエリアの一画に停車した。先に着いたトレーラー三台も、ぽつねんと隅のほうで待機している。ほとんど三時間ぶりに運転席から降りると、着地の衝撃で足がジーンとした。

荷下ろしのクレーンのオペレーターは、いまこっちに向かっているという。後藤はその場で屈伸しながら、しばらく血流を元に戻すことに耽《ふけ》った。手持ち無沙汰の間、そのまま自重で筋トレしようとしたが、なぜか笑ってしまうほどやる気が起きず、そのあとはただその辺をウロウロした。こんな場所で、自重のトレーニング？　そんなの気休めにもならないと思った。それより自分が器用貧乏すぎて、却って惨めになると思った。

その後、荷下ろしは午後十一時半に始まった。後藤のトレーラーに順番が回って来たのは、それからさらに一時間後だった。ようやく自分の荷台が空になると、後藤はひとつクラクションを鳴らし、徐行で現場を走り去った。思っていたよりかなり待たされてしまった。公道に出るなりグングン速度を上げて、そうだ、帰りはコンビニに寄ろうと思った。

そのとき、運転席の無線が入った。「いまどこにいます？」と訊かれる。ちょうど現場を出たところだと答える。

「今晩、もう一往復いけますか？」

頭の半分で（やはりそうきたか……）と思った。確かに時間は押している。このままピストンで往復すれば、その分の遅れは取り戻せるだろう。

「いやあ、今晩つづけてはちょっと……」

しかし、ここは流石に寝たかった。丁重に依頼をはねつけると、そのまま一分ほど走った。そして、ハッと身体を緊張させた。

「……」

いま、腹の肉が揺れなかったか？　息を詰めてその部分に神経を集める。ブルブル、ブルブル。後藤は怖気を震った。ブルブル、ブルブル。あれだろ、荷台が空になったからだろ？　荷台に何もないと運転席に振動が伝わる。

その一分後に、再び無線が入った。

「今晩はどうしても難しいですかね？」

先程とは別の担当者だった。後藤は既に、このブルブルの正体を突き止めていた。あれだろ、この依頼を、断ったからだろ？　いまの自分は大島や野田と同じ、何の役にも立たない体脂肪なのだ。

「深夜のほうが、道が空いてますよ」

明日の日中より「効率的」だという。

「それに、今晩いってしまえば、そのぶん早く帰京できます」

言われてみれば、その通りだ。

「何とかもう一往復いけませんかね？　無茶いって本当に申し訳ないんですけど……」

ブルブルは、頰にも伝播していた。脂肪は自分の意志で動かすことができない。脂肪は勝手気ままに振る舞って、ただ身体にぶら下がっているだけだ。そんなの、俺にはいらないのに！

後藤はもう迷っていなかった。「わかりました」と答えた。

「え、ホントですか？」

無線の声が、バリバリと割れた。

「どうもありがとうございます！」

後藤は、その謝辞を聞いていなかった。自分の身体に神経を研ぎ澄ませていた。自分の身体、いやそれというより、自分の身体の表面の部分に。ブルブルはパタリと消失していた。

「市内に入ったらまた連絡して下さい」

いったい何だ、この体感は。「第2」のリーダーになってからというもの、自分は部下の上司で、上司の部下だということが、文字どおり身をもって体感される。組織人とはこういうものだろうか。

クレーンの倉庫に着くと、眠眠打破を渡された。せめてもの心づけだという。減量中にこんな覚醒ドリンク飲めねえよ。幸か不幸か、慢性的にお腹がペコペコで、眠りたくても目はランランとしていた。

「全車、間に合いそうですか？」

担当者は「間に合う」と言った。先ほど無線で話した人物だ。

「積み込みに三十分くらいかかるから、それまであっちで休んでて下さい」

「ぜんぜん眠くないです」

「いいからいいから」

半ば強制連行されるように、後藤は事務所のソファで横になった。断続的に深夜の無線の音が聞こえ、それは後藤を奇妙に穏やかな気持ちにさせた。目を閉じて無理やり三十分寝た。そうして顔を洗って背伸びすると、彼《か》の地にトンボ返りした。

その三十分後のことである。

後藤は、路肩で真っ青になっていた。

たったいま、荷台の腹をガードレールにぶつけた。ガツン！　とものすごい音がしたのだ。ハザードランプをつけて停車すると、急いでぶつけた箇所を調べに出た。緩いカーブの下り坂で、暗くてよく見えなかったの一言に尽きる。

ガードレールには、新旧の擦り傷があった。どれが自分のつけた傷なのか、夜目にはわかりかねた。スマホのライトを掲げながら、後藤は目を皿にした。しかし、いくら縦横に探してみても、それらしき傷は見つからなかった。

荷台の腹にも、それらしい傷はない。後藤は自分の目が信じられず、同じ箇所を何度も調べた。そんなはずはないのに。あのとき、確かにガツン！　としたのに。自分は、夢でも見ていたのだろうか。

眩しい、と思った直後にクラクションが轟き、時速百キロのスペースワゴンが、鼻先の風を突っ切った。このときばかりはどっと冷や汗が出た。そして、強い目眩《めまい》を覚えた。

「……」

暗くてよく見えなかったというのは、何の言い訳にもならないだろう。後藤は自分が怖くなった。うっかり車をぶつけたからというより、ぶつけたかどうか、わからなかったから。自分は果たしてこの地点まで、無事に運転してきたのだろうか？

再び、強い目眩に見舞われ、後藤は荷台に寄りかかった。ヘナヘナと運転席によじ登り、倒れこむようにハンドルに突っ伏す。このころになると、空腹なのかどうか、もうあんまりわからない。目は昼間以上に冴えているのに、頭は寝ているときより不確かだ。あのなあ、フットワークなんてカッコいい言い方はするが、要はパシリのことだろ？　いっとき、今晩はもう引き返そうかと思った。が、結局そうはしなかった。

「……」

今年の減量は、何か変だ。命を削っているかのようだ。十分ばかり、腕の中に閉じこもって、いくらか気分をマシにした。バチン！　と自分をビンタすると、頭を無にして再出発した。

翌日、家で体重計に乗ると、七十八・五キロだった。

「……」

そのまま床に下りられなかった。

二分後、水野からＬＩＮＥが入り、いまから少し話せるかという。何も返信していないのに電話が来た。

「お前、さっきの数字ホント？」

信じられないことに「ホント」である。大会まで残り二週間ってときに、アホみたいに二キロも増えた。

「出張中にドカ食いでもした？」

「いえ、してないです」

俺がそんなことするわけないだろ！　いっそしていたらどんなに楽だろう。いつものルーティンを守れないことはわかっていたので、自分は昨日、一昨日にわたり、日に一三〇〇キロカロリーしか摂っていない。太る原因などどこを探してもない。

わかった！　と目を見開いた。昨日、自分は午後三時すぎに東京駅に着いて、本社に戻ろうかどうか迷ったのだ。結局はほとんど徹夜だったこともあって、その日は直帰することにした。

それのせいじゃねえの？　いま「第2」には三人しかヒトがいないのに、何ならそう仕向けたのは自分なのに、そんなウワついたチョッキのせいで、繋がらなかった電話と、返されなかったメールと、届かなかったいくつもの指示が、積もりに積もって自分を太らせている。

「あれだな、ちょっと浮腫んでるのかもな……」

後藤は（またか……）と思った。この人は自分の選手の減量が停滞すると、バカのひとつ覚えのように「浮腫んでいる」か。

「それか、仕事のストレスかな」

「仕事のストレス？」

「ストレスで代謝が落ちてるんだろ。ホルモンバランスが崩れてるのかも」

ストレスで代謝が落ちてる？　ホルモンバランスが崩れてるのかも？　後藤はハッキリとした怒りを覚えた。怒りというより残念だと。それ意訳すると「よくわかりません」じゃねえか。

水野は後藤の失望など露も知らず、いつもと同じ口調で続けた。

「とりあえず、有酸素を倍に増やそう」

そうして「有酸素」やら「食事《ミール》プラン」やら、後藤の減量計画には修正が加えられた。後藤は次第に、こう思い始めた。そもそもこの人の「ミールプラン」が、甘すぎたんじゃないかと。減量期に指定されたＰＦＣは後藤にするとけっこうボリューミーで、これでいいのかと質問したら、お前はいつも終盤でガリガリになるからと、水野は平然と返してきたものだった。それがいけなかったんじゃないかいかいかいかいかいか。

「あとはやっぱり、ストレスを溜めないこと!」

あれこれ言って、最後はそれだった。

「ボディメイクのいちばんの敵は、何と言ってもストレスだから。自分のストレスを管理する能力も、選手の重要なスキルのひとつだよ」

「水野さん、今晩、会えませんか?」

とつぜん言うと「え、今晩?」と来た。

「今日はちょっと無理だなー」

「ねえ、水野さん、聞いて下さいよ。俺のチームがシュッとすると、俺の身体もそうなるんですよ」

「え、それどういうこと?」

「自分、カカリチョウになったでしょ。だからそうなっちゃったみたいで」

水野は冗談と受け取ったようで、アハハハハと笑って返した。そんなコーチの反応に後藤は自分でも意外なほど深いショックを受けた。どうしてこの状況で笑えるのだろう。自身もアハハハとなりながら、後藤はひとりぼっちになった気がした。

その後、何も考えずに有酸素に出た。夜明けの外気がねっとりと肌に吸いつく。後藤は一歩ごとに体脂肪を道に落とすイメージで、頭上をうねる首都高を追いかけた。

犬の散歩、ランニング、犬の散歩、ランニング。ときどき私立に通う小学生。後藤は大会に出場するたびに「絞りすぎている」と言われてきた。「逆に貧相に見える」「筋肉に張りがない」「落とせばいいってもんじゃない」。審査員《ジャッジ》に異口同音にそう言われれば、ああそうなのかと受け入れるより他なかった。しかし、物事は突きつめるよりも、ちょうどいい塩梅を見つけるほうが難しい。後藤も毎年注意はするが、どうしても絞り切れていないと言われるのが最も怖く、結果として毎年「絞りすぎている」。だって、もったいないじゃないか。せっかく鍛えた筋肉が脂肪に閉ざされるなんて、そんなの、許せないじゃないか。

　サラリーマンに平日ゴルフ、サラリーマンにゴミの収集。徐々に都市部に接近していく。早朝に黙々と活動する人たちが、何か、みんなワケありに見える。


同じ日、自席で空腹にじっと目を閉じていると、突然ミエちゃんに呼び出された。

「後藤さん、前にＱ工さんからケーキを貰いましたよね？」

　朝っぱらからデカい顔で問い質す。後藤は（あちゃあ）と思った。デブの差し入れに対する執念を舐めていた。

「何か変だなーって思ってたんですよ。Ｑ工さん、いつもおいしいものを持って来てくれるから」

　ミエちゃんはユニクロのカーディガンを愛用しているが、これが羨ましいほどパンパンである。本番前の自分にしても、相当パンプしないとこうはならない。

「わたし、Q工さんに電話で確認したんですよ。そしたらQさん、後藤さんに千疋屋のケーキを渡したって……」

ミエちゃんを取り巻く全身の皮下脂肪が、バルルルルン！　と馬のいななきのように揺れた。

「後藤さん、一人でぜんぶ持ち帰りましたねっ？」

「……」

後藤は天啓のように、こう思った。こいつ、この職場にいらないよなと。

「そんなのサイテーすぎます！　皆のケーキなのに、あまりに悪質な行為です！」

デブの食い意地は並じゃない。そうでなければここまで肥えないにしても。

「あなたに良心はあるんですかっ？」

後藤はよっぽど、ぜんぶ横領したのではなく、ぜんぶ捨てましたと言おうかと思った。しかしそのほうがミエちゃんの逆鱗に触れる気がし、結局そうは言わなかった。

「このたびは本当に申し訳ない」

平身低頭、謝罪する。

「知っての通り、いま減量中で、ウマそうなケーキを見たらぜんぶ自分で食べたくなりました。完全に千疋屋の誘惑に負けた」

実直に言うと、同じ欲望を共有する者のためか「そういうことですか」とミエちゃんは鎮まった。

「まあ後藤さんは毎年すごいダイエットをしてますからねー」

エラソーにぶっとい腕を組む。

「今年も大会に出るんですか？」

「うん、その予定」

「いつもようやるなーって感心してます」

君も俺の千分の一でいいからやったほうがいい。

「で、どう落とし前をつけるんです？」

「自費で職場に戻します」

「それはいつになるんです？」

そんなのいつだっていいだろ！　後藤はとにかく空腹だったこともあって、危うく声を荒らげそうになった。

「……来週」

「来週の月曜はどうです？」

「……」

こいつ、絶対にこの職場にいらない。

「じゃあ来週の月曜」

「いいでしょう」

交渉成立、とばかりに歩み去る。他の人には言わないでおきましょう……と、そんな謎の甲斐性も見せた。ハハハ、デブって懐が深いな。三段腹の溝も深いのだろう。自席に戻ると、後藤はグッタリとした。

午後一時に、外線が来た。

「あれ、野田さんはいないの？」

受話器を手で塞ぎながら後藤は当人を探した。

「ああ、野田さんはですね……」

菊池は少し言い淀んだあとに「食堂にいると思います」と答えた。

「食堂に？」

「ええ、たぶん……」

先方にすぐに折り返すと伝え、後藤はやむなく電話を切った。勤続九年目にしてほとんど初めて食堂に行くと、なるほど、遠目に野田の丸い背中が見える。イヒヒとテレビ電話をしている。菊池によると相手は「施設にいるお母さん」で、施設の人が手の空いたときに、テレビ電話を世話してくれるそうだ。

後藤は、そんな光景を十秒ほど見つめた。それから何も言わずに立ち去った。

「あの、折り入って相談が」

その後、課長を呼び止めた。

「野田さんですけど、静岡第四の三浦さんと、来期を目途に交代して欲しいです」

いきなり具体的に述べた。「静岡第四の三浦さん」とは、先の浜松出張の折に、後藤が初めて見知った人物だ。そのぶん早く帰京できますと、そんなことを切り札のように言って、自分を見事に徹夜させたやつ。その「間に合う」の言葉どおり、同回送は成功を収め、S水もドライバーの発熱があったことなど知らない。

「え、支店の人？」

「ええ、支店の人」

後藤が実際に三浦と会話したのは、正味一分以下だったが、後藤はその短い中で（この人と働きたい）と思った。仕事のデキるやつには仕事のデキるやつがわかる。

「うーん、お前の気持ちはわかるが……」

聞けば、三浦は万年「地方勤務」で、今年で二十年目になるという。それにしてはけっこう若く見えた。

「お前さ、このまえ大島を外したばかりだろ？」

課長は後藤に向き直った。

「自分のチームにデキるやつを揃えたいのはわかるけど、実際はそんなの無理だからね」

「いいえ、無理じゃないです」

後藤はほとんど被せるように言った。メタボの口に「無理」と言われても、微塵の説得力もない。

「でもさ、会社っていろいろ人がいるから」

「それはわかりますけど、それを言ったら、何の改善もできないじゃないですか」

後藤に迷いはなかった。普通は、こんな係長風情が、メンバー云々に口を挟むなど、あまりにも出すぎた行動だろう。しかし、こうしたチームのボディメイクは、他ならぬリーダーの役目だ。確かに、課長ののたまう通り、実際に達成するのは無理かもしれないが、達成しようと努力することはできる。身体づくりと同じだ。人間である以上、体脂肪率はゼロにはならないが、そうなろうと努力することはできる。人間の何が尊いって、そういうところじゃないのか。

「三浦さんが駄目なら他の人でもいいです。野田さん、どうにもサボり癖があるから」

課長は「ううん」と目をつぶった。

「あれだろ、故郷《くに》のお母さんだろ？」

「でも就業時間は守って貰わないと」

後藤にしても「施設の人」の都合によって、時間が前後することはわかる。しかしああも毎日のように公私混同されると、こっちも何をしているんだかわからなくなる。

突然、課長が「あああ！」と叫んだ。

「ミウラって、あのミウラか？」

課長の同期だという。

「え、課長と同い年なんですか？」

「あいつは高卒だから、年は六つ下」

さもありなんと、後藤は腑に落ちた。何だかんだ、古い会社だ。高卒の者はよっぽどのことがなければ、本社勤務にはならなかった。

「あいつー、まだうちの会社にいたのかー」

そして課長のように院卒の者は、よっぽどのやつでも出世した。

「昔よくオギクボで麻雀したわー」

懐かしそうに微笑む。俺がルールを教えてやったのだという。この思ってもみない他人同士の繫がりに、後藤は世界というものの狭さを感じ、そして、奇妙に笑い出したくなった。あるいは天の計らいかと思った。結局のところ、会社を回すのは、こうしたオッサンたちの友愛である。

「あっちで三浦の世話になったの？」

「眠眠打破を貰いました」

ピンチを救ったのはこっちだけどな。後藤は課長のノスタルジーが鎮火しないように「すごくいい人でした」と熱弁した。

「自分、絶対に人は学歴じゃないと思います」

政治家のように強く訴える。野田を切れば、自分の体重もキレる。俺は何としてでも大会に出たい！

「うちの会社は古いんですよ」

「うん、そうだよね。俺もたまにそう思う」

翌日の夕方、後藤はジムの受付の前にいた。そこからマシンの並ぶ館内を眺めていると、ハッとしたことに、去年の14番がいた。14番は「八十五キロ以下級」のグランプリで、オーバーオールでも3位になった選手だ。明らかに去年より筋肥大していた。

14番は、仲間たちに囲まれながら、かわりばんこにラットプルダウンをしていた。タンクトップの脇から大円筋の収縮が嫌というほどよく見える。やはり、それはとても気持ちよさそうに見えた。肩甲骨もおもしろいほど動いている。そんな光景を、後藤はいつまでも見ていられた。

水野は、約束の十分前に来た。

「さあさあ、どうしようか」

いつもなら秒でウォームアップに入るところを、この日ばかりは違った。水野は自販機とストレッチエリアの間にある、そんなところに椅子があったのかという椅子に座った。

「誰にでも上手くいかないシーズンはある」

後藤も、今日はこうなるだろうことは、薄々ながらわかっていた。

「今年は見送ってもいいと思うよ」

その日の体重は、七十六・八キロだった。

「お前はこれからも大会に出るだろ。極端に仕上がりの悪い年があると、審査員《ジャッジ》の記憶に残りやすい。この選手のコンディションにはムラがあるって、悪い先入観を持たれてしまう。すごく狭い世界だからさ」

後藤はなおも、14番を見ていた。結局その日は「少し考えます」と言って、そのまま水野と別れた。

水野の言うことは、痛いほど理解できる。大会まで残り二週間を切って、いまの体重は後手後手だった。さいあく出場は叶うだろうが、これでは直前の調整が思うようにできない。直前の調整が思うようにできなければ、自分は絶対に勝つことができない。

目を上げると、正面の鏡に、髑髏《どくろ》のような自分がいた。後藤は減量すると頬がゲッソリするタイプで、頬骨の形がありありと見える。こめかみの凹みもクッキリと出ている。体重計にさえ乗らなければ、面構えだけは一端《いっぱし》のビルダーだった。

はじめは、体重などは自分の意志で、どうにでもできることだと思っていた。それは要するにエネルギー収支のことで、四則演算、いや、足し算と引き算ができればいい。なのに、自分は巷《ちまた》のデブたちのように、アホみたいにそれに振り回されている。

おい、そこの14番！　14番とその仲間たちは、まだラットプルダウンをしていた。他人のパンプした背中の凹凸が、目の奥のほうに染み渡る。後藤は、14番をムキムキだとは思わなかった。決してそうではないのだ。あれは、ムキムキであると同時に、ガリガリなのである。人にムキムキだと言われるためには、それ相応にガリガリでもなければならない。そういう意味で両者は反対というより、当事者にすれば紙一重だった。紙一重で、そしていまの自分にすれば、後者のほうが得難い。

後藤はその場でじっとしていた。何だか自分を年寄りのように感じた。懸命に鍛えるビルダーを見ると、後藤は奇妙に懐かしいような気持ちになる。あんなに完成された身体なのに、まだ良くしようとする姿が、いじらしいのだ。この世に素のままで評価される人間はいない。「自分らしく」では第三者に認められない。ビルダーを見ると、人間のやることなすことで審美に値するものは、必ず作為的だと後藤は思う。

（ミスター東京）と、後藤は思った。自分は、ああいう身体に負けたい。勝っても負けても、ミスターに肉薄したい。例えば、他のカテゴリーの選手は、優勝してもミスターとは呼ばれない。その理由は後藤にもあんまりわからない。いや、本当はわかっている。本当は誰よりよくわかっている。この界隈におけるミスター云々は、どこまでも自分らだけのものだ。

「あのー、ケーキは用意できましたか？」

翌週、ミエちゃんが訊ねた。

「あ、今日だっけ？」

「あれ、いつでしたっけ？」

いやいや、他ならぬお前が日付指定したんだろ。こいつ再配達で不在にするタイプか。あーだこーだ言い合った挙句、後藤はミエちゃんを追い払った。しかし、このときの後藤は至って冷静だった。その日の体重が、七十四・九キロだったから。

遂に、七十五キロを切った。

今朝方、足許の数字を見るなり、後藤は「ありがとう……」と呟いていた。再び体重が動き出した。あと一キロだ、あと一キロ。十日もあれば、まだ間に合う。直後、水野から「やったな！」みたいなＬＩＮＥが来たが、もう返事することはなかった。

この変化の理由は、明らかだった。あれだろ、野田が消えるのだろ？　大島のときもそうだった。野田が近い将来いなくなるから、チームの代謝が、いまメラメラと上がっているのだ。これは、リーダーにしかわからない組織の体感。テキトーなリーダーだったらわからないだろうが、自分のように責任感を持って組織を動かそうとする者なら、必然的に感じるチームの燃焼。

午後一に、Ｈ重工から電話を受けた。「お宅の空気圧縮機《コンプレッサー》が壊れた」という。

「今日中に見に来て下さいよ！」

本社の営業ではなく現場の人だった。コンプレッサーとは高圧空気を噴射する装置で、工場や建設現場において主に清掃のために使う。

「ぜんぜん仕事にならないですよ！」

今朝から「空気《エアー》の出が悪い」そうだ。日中の建設現場にいるH重工の声は、周囲の作業音にのまれてしまって、もうお手上げなほど途切れ途切れだった。訊けば、現地は五反田だ。電話で話しても埒が明かないと思い、後藤は彼の地に赴くことにした。

そうだと、菊池のことを思い出す。まだ建設現場に入ったことがないから、次に機会があったら誘うと約束していたのだ。が、いざ当人を振り返ると、何やら別件で揉めていた。

「今日の応接室ですけど、ちゃんと予約してくれました？」

普段は朴訥とした菊池の声が、いつになく尖っている。

「え、そんな話ありましたっけ？」

ミエちゃんが『鳩サブレー』を食いながら惚《とぼ》ける。どうやら来客の直前になって、応接室が取れていないことが判明したらしい。菊池が「先週たのんだじゃないですか！」と思い出させると、ミエちゃんは「もーっ」とか言いながら慌てて対処しにいった。逆ギレもこうなると芸術的である。

「マジで勘弁して下さいよーっ」

この一幕に、後藤は面食らった。菊池も本気で怒るのだなと思った。しかし、呼び出した相手と危うく打ち合わせできないところだったのだから、憤慨するのも当然だろう。

また別日にするか……と後藤は思った。今日の菊池は忙しい。しかし、少し考えた末に、やっぱり連れて行こうと後藤は思った。やつは俺の右腕。やつにはいまのうちからいろいろ経験させて、ぜひとも大きくなって貰いたい。

「菊池さ、その打ち合わせのあと、ちょっと外に出れる？」

訊くと、菊池はいっとき固まったようにも見えたが「あ、行きます」とほぼ即答した。

「何用ですか？」

「H重《ハマジュウ》の現場」

菊池は「ああ……」と顔をしかめた。何やら因縁があるらしい。

「どうした？」

「いや、大したことじゃないんですけど、前に発注スルスル詐欺をされたことがあって……」

菊池は苦笑いした。まあ紳士的とは言えないだろうが、しばしばあることだろう。取引先との駆け引き如何は、後藤も得意なほうではない。

「ちなみに、いまからの打ち合わせは大丈夫？」

いちおう訊くと「大丈夫です」とのことだった。きのう夜なべして資料を読み込んだので。来社するのはK池建設で、大島から引き継いだ仕事のひとつだった。

「日の丸リースには負けませんから！」

けっこう頼もしげに言ってくれる。日の丸リースはライバルっちゅーか、互いに（また貴様かよ……）となる競合他社だ。ここより一円でも安い価格を提示することが、レンタールの使命のようなものだった。

　その一時間後、二人は外に出た。折しも右手方向からタクシーが来た。

「ミエちゃん、ミスが多いよね」

　道すがら、先の一件を蒸し返すと「そうですね……」と菊池は耳を掻いた。

「昨日も宛先の住所を間違えて……」

　後藤は（こいつ、顔つきが変わったな……）と思った。前は学生あがりの雰囲気も残っていたが、ここ数週で業界人らしくなっている。後藤は無性に頼もしくなった。自分のチームがさらに洗練された気がして。そして「ミエちゃんのミス」について、加速度的に腹が立ってきた。あのデブ女の無能のせいで、チームの仕事が滞っている。

「でもさっきは言い過ぎました」

「え、ぜんぜんそんなことない」

　本来ならミエちゃんが落ち込むべきだが、菊池のほうがそうなっていた。

「さいきん自分、カリカリしてて……」

　後藤も減量中はカリカリしている。しかし、おおかた仕事というのは、カリカリしながらやるものじゃないのか。決して遊びじゃねえのだから。

「菊池はたぶん、優しすぎるよ」

後藤の口は、そんなことを言った。

「もっとズケズケ主張しないと、仕事って進まないよ」

「自分、言うことはちゃんと言いますよ」

「うん、それだったらいいけど」

タクシーは三十分で現地に着いた。実際に「壊れた」モノを見ると、なるほど、油が底面からポタポタと垂れている。このコンプレッサーは箱型のエンジン駆動で、軽自動車の半分くらいの大きさだった。作動油のほうか潤滑油のほうか、中を見ないと判然としない。

「ぜんぜん仕事にならない」とは言われていたが、同コンプレッサーは絶賛使用中だった。

「すみませんが、この状態で無理やり使わないで下さい」

後藤は（え）と菊池を振り返った。いま自分も同じことを言おうとしていたのだ。

「事故に繋がるかもしれませんから」

レンタル屋の手本のような言動である。確かにこれで火災などのトラブルが発生したさいは責任問題になってしまう。事故にはならなかったとしても、油が圧縮空気に混入するとその回収には莫大な費用がかかる。

「いま掃除《ブロー》で使ってるから」

その電話を寄越した「監督さん」は、後藤より若いニイチャンだった。現場で無限に生じる塵埃《じんあい》、鉄粉、切り屑、ヘドロ、梱包材の残骸その他を、目下圧縮空気の轟音とともに吹き飛ばしているところだ。

「そんないきなり中断できるわけないだろ。工程がキッキッなんだよ」

言いながらチラと菊池の目を見る。

「お宅のモノはすぐに壊れるよね。安かろう悪かろうだ」

さっそく嫌味を言われ、後藤は緊張した。菊池も同じ緊張を味わっているに違いない。

「お宅、ちゃんとメンテしてんの？　テキトーな中古ばっか寄こしやがって」

流石に後藤が口を開けようとすると、またしても菊池が先に声を上げた。

「いいから、いまの作業は中止して下さい！」

後藤は、凝然とこの部下を横から見つめた。こいつ、いったい今日はどうした？　先ほど、スルスル詐欺うんぬんとは言っていたが、何か、余程のことがあったのだろうか。自分の知らないところで。ともあれ、言っていることは正しいのであるが、その応答については（いや……）と思わざるを得なかった。貸し出した商品に文句を言われたら「誠に申し訳ございません」とまずは謝る。これもレンタル屋の基本というか、処世術のようなものだった。

案の定、H重工はヒートアップした。

「いま使ってるって言ってんだろ！　だったら職人《ショクニン》の手待ちは全部お宅に請求すんぞ！」

菊池はビクッと身を引いた。しかしこちらにも火がついたのか「そもそも！」と果敢に言い返した。

「そちらも丁寧に使ってたんですか？　ことここにぶつけた痕がありますけど？」

「これは最初からあった傷だよ！　あんた変な言いがかりつけるな！」

あわや一触即発となってしまって、後藤は「まあまあ」と間に入った。それまで菊池しか見ていなかったH重工は、後藤の姿に若干怯んだ。ごくごく標準体型の菊池の横で、質量感が一・三倍はあった。

「そろそろ中休みですよね？　そのときに中を見させて下さい」

時刻は、午後三時になろうとしていた。H重工は後藤の言をしぶしぶ受け入れると、そのまま持ち場に戻った。もっとも、ガタイは並じゃないが、後藤は何も喧嘩に強いわけではない。むしろ怪我とか絶対にしたくないので、そういう意味では極度の平和主義者だった。

中休みになると、後藤と菊池はしずしずと活動を始めた。すなわちコンプレッサーの外蓋を開き、中の配管を調べた。

漏洩しているのは、潤滑油のほうだった。これでは空気の出が悪くもなるだろう。ぬらぬらと光る油の数滴が、複数箇所の継手から垂れている。ボルトを締めるも、洩れは止まらない。パッキンの寿命が尽きているようだった。

原因が知れると、後藤はひとまず安堵した。これだったら何とか直せる。本体の入れ替えとなるといちばん厄介だった。

「いちどアブラを抜かないとな」

あとはパッキンが足りない。パッキンとは継手の間に噛ませるシール材だ。このサイズだと手許に一枚しかなかった。

「菊池さ、悪いんだけど会社に戻って、モノを取ってきてくれない？」

後藤は「はい！」の返事を待った。ところが「いや、それより……」と来た。

「もうメーカーに任せればいいんじゃないですか？」

菊池は、足許に工具を置いたところだった。後藤同様、手が油まみれになっていた。

「それってうちの持ち物じゃないですよね？　O機工のやつでしょ？」

菊池の言うことには、一理あった。この大型コンプレッサーはO機工からレンタルしているものだ。レンタールも小型のコンプレッサーなら自社で持っているが、大型となると外注《レンタル》だった。

「うちは中継ぎすればいいんじゃないですかね？」

確かに、O機工に連絡だけして、あとはブン投げることもできよう。しかし、メーカーに問い合わせると、ときに思ってもみない時間がかかる。とりわけO機工は殿サマ商売っちゅーか、現地確認すら一週間後になる恐れがある。それだったらH重工と取引したのは自分たちだから、まずは自分たちで対処を試みるべきだと後藤は思う。

「後藤さんは何でも自分でやろうとするから……」

「尊敬しますよ」と菊池は苦笑した。ひとまず蓋を復旧すると、二人はH重工の戻りを待った。

その後、近所の公園に寄った。そこの水道水で手を洗った。

いちど油を抜きたい旨を打診すると、H重工はこれを了承した。ただし「工期が詰まっている」から「次に来て欲しいタイミングをこちらから連絡する」。教科書的にはあの状態で使うべきではないが、今回はやむなくそうすることにした。ちなみに「最初からあった傷」は、H重工の言った通りだった。それもあって、今日中に修理できればベストだったが、今回は出直すことになった。

手が及第点できれいになると、二人はタクシーに乗った。

「ああいう業界って、変な人が多いですよね」

菊池は長い溜め息をついた。後藤は窓の外を見たまま言った。

「変なやつはどこにでもいるよ」

「でもああいうヤクザみたいな人は……」

「あんなのヤクザのうちに入らない」

事実、日夜ヒトにモノを貸しておれば、もっとヤバいやつはゴマンといる。いっとき、後藤は菊池を連れてきたことを後悔したが、しかし、今後のことを考えると、むしろ連れてきたのは正解だったと思い直した。

「自分、もともとインテリアの仕事がしたかったんですよね……」

いきなり人事面談のような話。後藤は思わず振り向いてしまった。

「でも、自分で希望して建設資機材課に来たんでしょ？」

「ええ、あのときはそうでした。もっと建築とか内装の仕事にかかわれると思って……」

仕事ってそんなもんだった。

「それに、自分は後藤さんみたいに屈強じゃないし……」

後藤は遅れて、こう思った。そうだ、因縁うんぬんもあったのだろうが、菊池はもしかすると、自分にいいところを見せようとしたのかもしれない。H重工を相手にやたらズケズケと発言したのは、そういうことだったのだろうか。

「まだ三年目でしょ」

「そろそろ丸三年です」

「まあこういうことは滅多にないから」

あれこれいつにない話はしたが、菊池も最後は「来てよかったです」と言った。いい経験になりましたと。ずっと指から何とも言えないにおいがしますと。こういう油のしつこい滑《ぬめ》りは、風呂に入らないと完全には落ちない。その日はジムのバーベルに素手で触れる気にならず、普段は使わないグローブを嵌めた。

「マジで勘弁して下さいよーっ」の悲痛な声を、後藤は再び耳にした。ミエちゃんが社内の異なる「佐藤さん」を取り違えたらしい。

「え、佐藤カズアキじゃないの？」

「佐藤マサアキだよ！」

ミエちゃんは名前間違いの常習だった。後藤も「松村」と「村松」を間違われたことがある。急ぎの書類を「カズアキ」から回収すべく、菊池は自ら立ち上がった。もうミエちゃんには頼まなかった。

このデブ女、ぜんぜん学ばねえな。こいつのせいで菊池が忙しくなる。先の「もともとインテリア」の話を、後藤は聞き流したわけではなかった。

しばし天井を見上げ、顔を正面に戻すと、後藤は課長ではなく部長のほうに行った。

「ああ、中島さんって、ミエちゃんのこと？」

二人は廊下の隅で話した。あの人は仕事がぞんざいすぎると、後藤はストレートに訴えた。

「中島さんだと逆に仕事が増えます。自分の言ったこともすぐに忘れるし」

デキる部下の躍進を邪魔するやつは、この俺が許さない。折角の筋肉を上から覆う脂肪のように、仕事のデキないやつは仕事のデキるやつのパフォーマンスを損なう。

「そもそも中島さんの仕事って誰にでもできるじゃないですか。ＡＩのほうがいいくらいです」

言い過ぎか、と後藤は口を噤んだが「まあなー、ミエちゃんはなー」と部長はノッてきた。

「もうオッチョコチョイで済む年じゃないよなー」

「もっとマシな人ならゴマンといますよ」

冷静になれば、大島よりも野田よりも、まずはミエちゃんにメスを入れるべきだった。どう考えてもいちばんチームの役に立っていないし、あまりに普段から役に立っていなさ過ぎて、そもそも役に立つべき存在だということすら忘れかけていた。

「だいいち『事務の人』ってポジションがもう古いんじゃないですか？」

後藤が課長ではなく部長に相談したのは、そのほうが見込みがありそうだったからだ。自分は部長に好かれている。自分を係長に任命したのも、他ならぬこの人である。

「え、女の人が一人いるといろいろ便利じゃん」

「だからそういうのが時代遅れなんです。コピーでもお菓子配りでも電話応対でも、そこに一人をあてがうだけのコストが余計です」

「第2」は、もっとスリムになれる。例えば、デブでもガリでも同じように生きているなら、自分はガリの生存のほうに軍配を上げる。だって、より少ないリソースで同じことをしているほうが、そうじゃないほうより賢いだろう。組織の無駄をゼロにすることはできないが、組織人なら、そうしようとすべきだ。

「まあどうせひとり置くなら若い美人がいいよなー」

二人は執務室に戻った。

「後藤は、もし次に来るならどんな子がいい？」

部長はやにわに声を落とした。

「自分も、若い美人がいいと思います」

人が、見た目で判断されるのは普通だ。少なくともビルダーの自分にすれば、この世の摂理にも等しい。ミエちゃんはいわゆる派遣《ハケン》の人で、契約は半年ごとだった。後藤は（これはいける……）と思った。大島や野田のときと同じ予兆を感じる。ミエちゃんは近い将来いなくなって、当人だけが、まだそのことを知らない。


「あのー、ケーキはまだですか？」

その翌週のことである。ミエちゃんはわざと周囲に聞こえるように言った。

「後藤さん、一両日中に必ず持ってくるって先週言いましたよね？　私の聞き間違いでしょうか？」

「あ、忘れてた」

いいいい
「忘れてた？」

この一言に、ミエちゃんは怒った。

「忘れてたって何です！」

「何だ、ケーキをプレゼントする約束だったのか？」

課長が茶化すと、ミエちゃんは「違います！」と異を唱えた。

「あのですね、聞いて下さいよ。後藤さん前にQ工さんからいただいたケーキを、ぜんぶ一人で着服したんですよ？」

ここぞとばかりに激白する。他の人には言わないんじゃなかったのか。

「それも千疋屋のケーキです」

「えええええ？」

課長は愕然と目を剝いた。二重の意味で、そりゃビックリだろう。まず後藤に限って「着服」とかあり得ない。そして「ケーキ」はもっとあり得ない。後藤はたぶんこの日本橋の一画において、最もケーキを食べなさそうな人物だ。

「後藤、それは本当なのか？」

「……」

後藤は（このアマ……）と思った。こいつの存在、百害あって一利なし。しかし、この逆境はむしろチャンスだ。後藤は息を詰めて、こう言った。

「僕がそんなことするわけないじゃないですか！」

悲劇の舞台役者のように訴える。

「ケーキなんてもう十年近く食べてないし……」

他の者だったら（嘘だろ）となるが、後藤が言うと説得力があった。

「だよな、お前がケーキなんて……」

「ザバスのプロテインバーだって絶対に食べませんから」

この減量顔でそう申告すれば、それで十分にチェックメイトだった。このとき、後藤の頬は蔵王山のように窪み、ああ、ビルダーってステージで見るととても華やかだけど、普段の生活だとこんなに憐れっぽいのねと、おにぎりのひとつでも与えたくなるような感じだった。目は口ほどにものを言う。後藤にすれば、目よりも頬のほうが、普段の生き様を垣間見れるという点で、よっぽど雄弁にものを言う。大会当日まで、残り六日。計量日までだと残り五日だ。今朝の体重は、七十四・一キロ。体脂肪率は六・五パーセント。あのサア、あともう少しなんだよ！　いまがいちばん殺気立っていた。

「あれだ、Qサン来たのだいぶ前ですよね？　ミエちゃん自分がケーキ食べたの忘れちゃったんじゃないの？」

突如、カウンターパンチのように言うと、ミエちゃんは眉を上げた。

「わ、忘れてるわけないじゃないですか。あのとき後藤さんは何も持ってこなかった」

「でもミエちゃんって四六時中バクバク食ってるじゃん。自分の食べたものとかいちいち覚えてないでしょ」

ミエちゃんは、いっとき絶句した。

「そ、そんなわけないでしょ！　あのねえ、言わせて貰いますと、私はケーキなんて本当はどうでもいいんです。それより職場でズルいことする人が許せない」

こいつ、おためごかしのアジアチャンピオンか。

「皆のものなのにぜんぶ自分のものにするなんて、いくら仕事のデキる人でもそんなのは尊敬できません」

「いやいや、ミエちゃん自分が食べたの忘れちゃったんでしょ？」

「いいえ、私は忘れてません。第一ねえ、四六時中バクバク食ってるって、それは後藤さんにしても同じでしょ？　あなたは一日に何回ご飯を食べるんですか！」

減量シーズンは六回だよ！　このとき、後藤はそうとう頭に来た。自分の徹底した食事管理と、貴職の飽食を一緒にするな。そして、遂に後藤はキレた。

「デブの癖にエラソーな口きくな！」

吠えながら、頭がクラッときた。

「あんたはこの職場にいちばんいらない」

周囲の空気が、凍りついた。流石にそれはフラフラの頭でもわかった。

「まあまあ、二人とも落ち着いて」

「くだらん争いはやめようよ」

レフェリーたちが止めに入る。しかし、彼らの判定《ジャッジ》というのが、これまた異様に早かった。

その第一声が「まあまあ、ミエちゃん」だったのだ。

「きっとおいしすぎてあっという間に食べちゃったんだよ」

「一口で瞬殺だったんじゃない？」

アハハハハとむしろ場が和む。満場一致で後藤に軍配。後藤は、勝利に打ち震えた。当然だ、俺がデブに負けるわけがないのだ。いっぽう、ミエちゃんは言葉を失っていた。「いや、私は食べてないです」と一度は抗弁するも「まあまあまあまあ」と相手にされなかった。あのな、現実って残酷なんだよ。千人いたらその全員が、貴職の「ケーキ食べてない！」よりも俺の「ケーキ食べてない！」を信じる。

「ミエちゃん、後藤もかなり言い過ぎだけど、これを機にダイエットしてもいいんじゃない？」

「そうそう、痩せたらもっと可愛くなるよ！」

そうして、ミエちゃんは少し涙目になった。デブでも泣くのかと感心する。そんなに栄養状態がいいのだから、何も悲しいことなどないだろ。

「後藤もミエちゃんに謝れ！」

後藤は、そんな風に非難されながら、酷いのはいったいどっちだと思った。

「ミエちゃん、しばらく休むって」

次の日、課長はそう告げた。「メンタル休暇」というやつらしい。もしもし？　そんな制度あったの？　後藤は自分こそ取得したいものだと思った。

「でもあれだな、事務の人がいないと不便だよな？」

「いえ、何とかなるでしょう」

まったくその通りだった。雑用係がひとり欠けたところで、チームは怖いほど平然と回る。組織は、その渦中にいるとわかりづらいが、実際のところ、どうにでもなるのだ。

「新しい事務の人が来たら、菊池はどんな子がいい？」

午後、課長と一緒になって、後藤は菊池に訊ねた。

「うーん、そうですねえ……」

菊池は困ったように笑った。そして「僕は中島さんが戻って来るのがいちばんだと思いますけど」と爆弾発言をした。

「え、何で？」

後藤はお白湯を噴き出しそうになった。

「お前がいちばん被害うけてたじゃん！」

菊池は「でも完璧な人はいないから」などと言った。

「あんなに不完全な人もなかなかいないよ？」

「あ、もしかして太った女性が好きなの？」

課長の軽口に応じる菊池を見つめながら、後藤は薄っすらと不安になった。こいつは、いったい正気か？　菊池もゆくゆくはリーダーになるだろうが、こいつは組織にいる人間といらない人間を、見極める能力に乏しいのだろうか。

夜、後藤は翌朝が楽しみでならなかった。ミエちゃんがブヨヨと退場したいま「第2」は過去最高にスリムだ。いま乗っちゃおうかな、いま乗っちゃおうかな。自分が確実に減量している自信がある。体重計の前で少し迷ったけれど、後藤はあくまでルーティンを通した。

ワクワクすると、なかなか眠れない。それとも単に低糖だから？　後藤の経験上、ガツンと寝れたほうが、同じ横になっていた時間にしても体重は落ちる。後藤は初めて入眠系のサプリを飲んだ。いまだにサプリはあまり信じないが、実はプラシーボ効果はけっこう信じている。いつの間にか朝になっていた。

今朝の体重、七十三・六キロ。体脂肪率は五・四パーセント。後藤は直立したまま、顔の下半分を両手で覆った。何なら涙が出そうだった。朝一のカラカラの身体に、そんな水分はなかったが。

今年の減量は、実に長かった。ついこの前までもう駄目かと思っていたのに、人間のやることとなすことは、最後までわからないものだ。涙する代わりに、後藤は鼻をかんだ。そうして鏡の前で髭を剃った。大会直前はいつもそうなるように、寝起きの目の下は深く落ち窪んで、頬と競い合うように骨に迫っている。

サッパリすると、後藤はフロントポーズをとった。腹の空気をぜんぶ外に吐き出す。果たして、前までなかったカットが見える。前までなかった陰影も見える。今日まで隠していた大秘宝を、やにわに世界に出したような気持ち。それか、見晴らしのいい高台に立って、自分の住む町を初めて眺めるような気持ち。グッと右腕に力を込めると、そこを走るいちばん太い血管が、峻険な山脈のように浮き出る。大自然であることの証のように、その軌跡と隆起に理由はない。

後藤は、もっと自分のことを知りたかった。いまよりもっと、自分の持っている、この大自然の形を知りたい。人間の筋肉は、それそのもので、たいへん素晴らしい形をしているのに、自分たちの現実というのは、ノッペリとした無形の脂肪が、その美観をことごとく損なっているのだ。だからビルダーという人々がいて、その人々は、ものすごいのだろう。

ひとしきり自分の身体をチェックすると、後藤はただちに気持ちを切り替えた。よかったことも悪かったことも、秒で忘れてしまうに尽きる。今日から粛々と最終調整に入る。まずは明日まで水と塩を抜きに抜いて、身体をカツカツの状態にする。それから不意打ちのようにドカンと食って、身体に生き返ったかのような張りを持たせる。だから、いつもは体重を測ってすぐに給水するが、その日は何も、飲まなかった。

あと三日だ、あと三日。後藤は顔を洗うときに、ぺろっと一度だけ、舌で水道水を舐めた。

課長が「きのう三浦と会った」と言ってきたのは、その二日後だった。

「ぜんぜん変わってなかったなー」

「十五年ぶりの同期会」だったという。年甲斐もなく「オール」したのか、その顔はいつにも増してふやけていた。

「あいつもずっと同じところにいるのはもったいないよなー」

後藤はチラと野田を見た。あのさ、いまお前の進退にかかわる話をしているんだよ。当人はそんなことなど露も知らず、ムシャムシャと菓子パンを食っている。後藤は課長が三浦のことを忘れないように、その「同期会」の一部始終を、ノーカットバージョンで詳しく聞いた。

そんなことより、後藤はドキドキしていた。遂に明日が計量日だから。今年はもう半分は諦めていたから、出場できる感慨はひとしおだ。

「何だ、ミエちゃんがいないと寂しいの？」

午後に、菊池が溜息をつくと、課長がそんな部下を茶化した。すっかり「デブ専」ということになっていた。

「うちの会社にはあんまりデブな女《ひと》いないよなー」

「いやいや、けっこういますよ」

確かに、菊池は何だか疲れているように見えた。課長もそれに気づいていたのかもしれない。

少しは気晴らしになるかと思い、後藤は「本社にいるデブな女《ひと》ランキング」を、第十位から講評も含めて、つらつらと並べてみせた。後藤はいちど見た人の体型を、滅多に忘れることはない。

その日、後藤は全く腹が減っておらず、いつもより格段に上機嫌だった。とうとうカーボアップの段階に入り、昼にすき家で牛丼を食って、なか卯で親子丼を食って、帰りにセブンで大福を買っていた。少し眠気が差してきたほどだった。

しかし、カーボアップは慎重に行わなければならない。闇雲に食べればいいってわけじゃないのだ。直前まで水と塩が枯渇していることもあって、このときの代謝機能はちょっとした異常事態に陥っている。食べた以上に腹が出てしまったり、せっかくカツカツにしたのにまた浮腫んでしまったり、逆に、食べても食べても体重が落ち続けたり、あまり栄養が吸収されなかったり。後藤はどちらかというと代謝機能がハイになってしまって、後者になりやすいタイプだった。よって、セブンの大福を買ったはいいが、これを食べるのはもう少し様子を見てからだ。

H重工から連絡が来たのは、そんなときだった。

「明日、修理に来てくれませんかね？」

「……」

何て間の悪いやつなのだろう。明日はちょっと……と渋ってみると「いつでも呼んで下さいって言ったのはそっちでしょ！」と言われた。

「明日は大雨になるでしょ。休工にするっていま決まったから」

後藤は「夕方でいいですか？」と訊ねた。

「いいや、十二時から二時の間に来て欲しい。その間ならこっちも事務所にいるから」

時間指定されるといよいよ無理だった。「十二時から二時の間」はドンピシャである。他に、選択肢はなかった。電話を切ると、後藤は菊池を振り向いた。

「菊池さ、あした出てこれる？」

仕事のデキるやつは自分に関係なくても、周囲の動向に耳を澄ませている。菊池は驚いていなかった。

「来週どっかで代休とっていいから」

菊池はいつものように「はい！」とは言わなかった。

「自分一人で対応できるかどうか……」

課長が「どうした」と割って入る。本件のあらましを説明すると「流石に一人だと可哀想だろー」となった。

「後藤はどうしても行けないのか？」

いっとき、後ろめたさに襲われたが、最初から答えは出ていた。

「すみません、自分は行けないです」

「でもお前がいつでも行くって言ったんだろ？」

そのとき、後藤は上腕に鳥肌が立つのを感じた。頭よりも身体のほうが、これから起きることに敏感である。ブヨヨがこちらに迫って来る。ブヨヨがこちらに迫って来る！　組織に食わせてもらっているなら、まずはお前が腹心の部下であれ。

「先方に言って、リスケして貰えよ」

「どうした」と今度は部長が来る。同じように説明すると「クラア！」と後藤は一喝された。

「じゃあハマジュウはいまもそのコンプレッサーを使ってんのか？」

（しまった……）と思いながら「そうです」と答える。すると「そんなのあり得ねえだろ！」とさらに怒鳴られる。

「そこは無理にでも止《と》めさせないと。今度から絶対にそうしろよ！」

後藤は悄然と「わかりました」と答えた。現場の事情はもちろんあるが、今回はジュウゼロで部長が正しい。「申し訳ありませんでした」と頭を下げた。

「で、何するの」

部長は改まって訊ねた。

「パッキンの交換です」

後藤は短文で答えた。

「え、それだけ？」

「ええ、それだけ」

「何か所？」と訊かれ「三か所」と答えた。

「なんだー、菊池さあ、それだったら一人でできるだろ」

部長は一転、菊池に向き直った。そして、今回はお前が行けと言った。いつもいつも後藤に頼ってばかりでは駄目だと。お前もそろそろ一人前になれと。この展開に、後藤は目を点にした。ブヨヨの足音が急速に遠のく。だって、課長の意志より部長の意志のほうが、組織の上位に属する。

「でも自分はやったことなくて……」

「オトコだったらそれくらいできる！」

部長に課長のような温情はなかった。

「というか、それくらいできないとダメ！」

後藤は、あえて事態を静観した。自分を卑怯だとは思わなかった。だって、これが組織の意志だ。

「五反田だったら俺も行くよ」

最終的に課長がそう言って菊池に同行することになった。ちょうど雨で明日のゴルフがキャンセルになったからと。これに後藤は安堵が半分、呆れが半分というところだった。だったら最初からそう言えばいいのに。

その後、明日の準備のために、菊池と別棟にある資材室に向かった。

「悪いね」

「とんでもないです」

菊池は、自分を恨んでいるだろうか。とんだパワハラ上司だと思っているだろうか。しかし、これが組織の意志だし、可愛い子には旅をさせよともいうし、もう本件は割り切るだけだった。

「そういえば、野田さんも異動するんですか？」

資材室に着くと、必要なパッキンの種類と数を、後藤は係の人に伝えた。

「え、そうなの」

「前にそんな噂を聞いて……野田さんもいなくなったらどうします？」

はじめ、後藤は「それは代わりが来る」と言おうとした。たぶん三浦という人が来るよと。しかし、代わりにこう言っていた。

「もうお前だけが頼りだな」

続けて「菊池が抜けたら大変なことになるな」と冗談めかして言ってみる。しかし、あながち間違いでもなかった。いまは少数精鋭だから。モノを受け取ると二人は外に出た。

「あれ、六枚もいります？」

菊池は後藤の手許を見ていた。後藤は（あ）と思った。事態を小さく見せるために、部長に「三か所」と嘘をついていたのだ。

「予備だよ」

「ああ、なるほど」

九月もまもなく終わるというのに、残暑の熱はとんでもない。金曜の午後四時だった。明日は大雨になるという。まだ頭上のどの方向にも、それらしき兆候はなかった。

「後藤さん、あの人をデブだと思ったでしょ」

菊池が、突然そんなことを言う。さっきの資材室のオバチャンのことらしい。

「何でわかったの」

「ずっと見てたから」

デブっているとまじまじと見ちゃうよな。自分がぜんぜんそうじゃないから。

「どうして後藤さんは、そんなに人の体型が気になるんですか？」

後藤は、チラと菊池を見た。やたら仕事とは関係のない話をするなと思った。

「さあ、何でだろうな」

「どうして」と逆に訊ねた。

「いや、どうしてって……」

二人はもとの建物に戻った。

「あのときの中島さんが、ちょっと可哀想だったから」

先のケーキ騒動のことらしい。そうか、菊池もあのとき傍《そば》にいたのか。確かに後藤は面と向かって「デブ」とミエちゃんに言っていた。デブの癖にエラソーな口きくなと。そんなのいま思い返すと信じられず、いい大人が、それも職場で、そんな言い合いをするものかと思う。しかし、実際に自分はしたのであって、その理由を探してみるなら、やはり、極度の空腹だったのだろう。あのときは親指が震え出すほど低糖だった。とはいえ「キモチワルイ！」とか「ナルシスト！」とか「ステロイド！」とか、ミエちゃんだってずいぶん口さがなかったものだ。

「でもさ『デブ』で傷つくんだったら、痩せればいいだけの話だよな？」

菊池は「まあそれはそうかもしれませんけど……」と応じた。そうだ「デブ」で傷つくんだったら、痩せればいいだけの話だ。だって、太った痩せたは例えば身長とは違う。目の色とも肌の色とも髪の色とも違う。自分の意志で、どうにでもできることだ。

「相変わらず辛辣ですねえ」

菊池は、なぜだか笑っていた。後藤はいっとき言葉に詰まった。はて、自分は「辛辣」だろうか。いいや、それは違うと後藤は思う。自分は、単に許せないのだ。自分の身体を大切にしないやつが許せないのだ。人間の筋肉は、それそのもので、たいへん素晴らしい形をしている。なのに、一部の人たちはそれを尊重しないで、暴飲暴食の末に太り、あまつさえ、それで平然としているから後藤は悔しい。赤の他人のことなのに悲しいとすら感じる。だって、そんなのはどう考えたって、自分の身体に対するリスペクトに欠けているから。

「菊池が人に優しすぎるんだよ」

執務室に戻った後藤は、部署のレンチと雑巾《ウエス》を下ろした。

「きっとそのうちわかるよ」

訊かれた当座は答えられなかったが、その日が終わって、いざ眠ろうとしたときに、後藤はぼんやりとわかった。人の体型が気になってしまうのは、きっと、自分がビルダーだからだろう。ビルダーは隣にいる人の体型によって、自分の勝敗が決してしまう。いくら「過去の自分」を超えたところで、その自分の隣に立つ任意の人が、自分のいままでの努力を全て肯定したり、否定したりしてしまう。これぱっかりは自分でもどうすることもできない。

後藤にとって、人の体型を気にしないのは、自分の体型を気にしないことと同じだ。人のことにシビアになれなければ、自分のことにもシビアになれない。自分は、価値のある人間になりたい。人に優しいだけの人は、自分にだってそうにしかなれない。だからミスターなんだろ？　それはそういうことなんだろ？　枕に頭がついたのとほとんど同時に、スコンと落ちるように眠った。


受付の前には、長い列ができていた。明日に「東京大会」を控えたK区会館は、もしかするといまが最もざわついている。

「エントリー番号を教えて下さい」

言うと「七十五キロ以下級でお間違いないですか？」と訊かれた。

「間違いないです」

「それではあちらへ」

計量は地下にある多目的室で行う。後藤は平常心で階段を下りた。仕上がりは、思っていたよりずっといい。今朝の体重は、七十三・九キロ。体脂肪率は五・四パーセント。自分の肌が、風を切っているのがわかる。

突如、会社の携帯が鳴った。着信音で課長だとわかった。出るか出まいか、究極に迷ったが、ここは一刻も早く計量の重圧から解放されたい。後藤は着信拒否のボタンを押した。

パーカーを脱いで、ズボンも脱いで、本番と同じ状態になると、裸足の足でペタペタと計量の列に並んだ。周囲の身体は、どれもゴージャスだ。ステージ用に黒光りする当日よりも、いまのほうがナマでデカい。自分の身体もチラチラと見られているのがわかった。

そういうこだわりなのか、JBBCは、毎年アナログの体重計を使う。赤い針が無情に回る、体重計というより秤《はかり》といったやつだ。列の回転は早く、まもなく自分の番が来る。小学校のころの身体測定を思い出す。

そのとき、背後でピロロロロロと鳴った。自分の携帯、それもまた課長からだ。携帯は鞄の奥に突っ込んである。が、それとほとんど同時に「71番」と自分の番号が呼ばれた。

もう着信は無視するしかない。心を無にして体重計に乗る。前の人の余熱を足裏に感じる間もなく、たちまち赤い針が動き出す。

後藤はずっと、自分の爪先を見ていた。何だろう、この不穏な気持ちは。ピロロロロ、は、まだ鳴っている。いまこの瞬間も鳴っている。直後、心臓が飛び跳ねる。いま、腹にブヨヨが走った。いま腹にブヨヨが走った！　だって、部下だったら上司の呼び出しには、いつ何時も応えるものだろう。

「……」

係の人は、しばし黙った。

「あの、たいへん申し上げづらいのですが、今回は失格になります」

ハッと目の焦点を赤い針に合わせる。嘘だ、七十五キロ以下である。

よくよく見ると、七十キロ以下だった。

「このたびは非常に残念ですが……」

「いやいや、この体重計、おかしくないですか？」

後藤は、見事な掠れ声で言った。今朝の体重は、七十三・九キロ。いきなり七十キロを切るなんて、あり得ない。

「先ほど調整したばかりなので……」

後藤はいちど床に下りるよう言われた。すると赤い針は元に戻り、寸分たがわずゼロの目盛を貫いている。体重計の校正係らしい人が来た。

体重計は、間違っていなかった。

「あなたの家の体重計がおかしいのでは？」

「いや、あれはデジタルだから……」

狂うとしたら絶対にこっちだ。いずれ、計量は一発勝負と決められている。それでも堪らず測り直し、息を殺して正面を見た。赤い針は命を得たように回り、さも焦《じ》らすようにブンブンと揺れる。止まった針の先は、六十九・八キロを指していた。

六十九・八キロ。

71番は、何も考えられなかった。


失格したら失格したで「同意書」にサインする必要がある。後藤は会場の出入口にある受付に行って、紙とペンを渡された。

三度《みたび》、ピロロロロと鳴った。

「お前、大変なことになったぞ」

その瞬間に、後藤は思い当った。

「菊池が会社を辞めるって言ったんでしょ？」

果たして、課長は「そうだ」と言った。

「何だ、お前もうやつと話したの？」

約束の場所に菊池が現れないので課長が電話をすると、突然の辞意を告げられたという。慰留するも、本人の意志は変わらない。

「お前、いまから菊池と会って、やつを引き留めてくれないか？」

いま「第2」には「ヒトがいない」。大島は異動になったし、野田も支店行きだし、ミエちゃんも無期限の活動停止中だし。

「やつがいなくなったら、お前だけになっちゃうよ？」

それは暗に、お前がそうしたんだから、お前が何とかしろということだった。

「……お前、なに笑ってんだよ」

「いまから連れ戻しても遅いなあ……」

筋肉のメンテを疎かにしちゃ駄目だよ。そうだ、自分は何度もそう言われていたのに。筋肉は脂肪と違って儚い。少しでもメンテを疎かにすると、あっという間にいなくなってしまう。

「やつはチームの中核だったんですよ」

後藤は深く納得する思いだった。そして、よりいっそう自分を軽く感じた。

「お前さ、菊池をコキ使いすぎたんじゃないの？」

課長は少し語気を強めた。後藤は「そうかもしれません」と答えた。だけど、デキるやつには負荷をかけたくなるよな。課長さん、貴方だってそうだろ？　むしろ人を育てる立場だったら、そう思っていないとシッカクだ。

「あのさ、会社っていろいろ人が要るから」

課長は「前にも言ったかもしれないけど」と続けた。

「効率というより塩梅だから。最適化だの生産性だのよく言われるけど、そういうのは二番目に考えること。お前もそのうちわかるよ」

そして「それにしても、どうしてわかった？」と訊いた。

「菊池は誰にも相談してなかったって」

何とも不思議そうに問う。後藤にすればそんなのは自明も自明で、答えるまでもなかった。失格になった直後なのに、後藤は全身の隅々が、かつてなく研ぎ澄まされているのを感じた。

「そりゃ身体でわかりますよ。自分のチームのことだから」

課長は「？」のような間を置いた。

「とにかく、今日中に菊池に会っといてくれよ。絶対に今日中だからな」

「あれだ、前々から思ってたんですけど、課長って菊池には甘いですよね」

課長は「え？」と訊き返した。

「それはいま関係ないだろ」

「俺には容赦ないのに」

「だからそれは……」

「あいつ、もう絶対に辞めちゃいますよ」

「だからそれを止めろって言ってんだよ！」

ほとんど初めて、課長にキレられた。

「これは命令だからな。お前にしても、自分の首を絞めることになるぞ！」

電話を切ると、係の人が自分を呼んだ。

「もうサインは終わりましたか？」

後藤は言われた通りにサインした。

「あの、前々から思ってたんですけど」

その係の人は、腕囲三十三センチだった。自身も過去に競技を齧《かじ》っていたのだろう。

「五キロ刻みって、刻みすぎじゃないです？」

言うと、係の人は小さく噴き出した。

「そう思います？」

「運営も大変でしょう」

苦笑いに一定の理解を示しつつ「でもね、それがルールだから」と答えた。

「今回は残念でしたけど、またチャレンジして下さいね」

後藤は菊池に電話するかと思った。しかしやっぱり気が進まずやめた。もう菊池を引き留める必要はないだろう。だっていちど辞めると言ってきたやつを、どうしていままでと同じように信用できる？

「……今年は新米だったんです」

「え、いま何て？」

外はすっかり晴れ上がっていた。やんだばかりの雨のにおいがした。明日から再び増量期《オフ》に入る。しばらく体重は気にしないから、課長の指示に背くのも怖くなかった。

そうだ、今回の反省をもとに、今度はたくさんの人を集めよう。多少ポンコツだったとしても、弱ったチームをガッチリ、ムッチリさせるやつを。そして減量期《オン》になったらいらないやつから切る。自分の意志で動かせないやつから。あとは、今年は失敗したが、デキるやつのメンテは決して怠らない。

「今年は新米マネージャーだったんです」

係の人は「ああ、そうですか」と言った。

「お仕事が忙しかったってこと?」

「いいや、そうじゃないんですけど。来年はバッチリ合わせにいきますよ。自分のチームなんて、自分の意志で、どうにでもなることだから」

装画　朝野ペコ

石田夏穂（いしだ・かほ）
1991年埼玉県生まれ。東京工業大学工学部卒。
2021年「我が友、スミス」が第45回すばる文学賞佳作
となり、デビュー。同作は第166回芥川賞候補にもなる。
他著に『ケチる貴方』（第44回野間文芸新人賞候補、
第40回織田作之助賞候補）、『黄金比の縁』、『我が手の太陽』
（第169回芥川賞候補、第45回野間文芸新人賞候補）がある。

初出　「新潮」2024年７月号
　　　なお、単行本化にあたり加筆修正を施しています。

ミスター・チームリーダー

著　者………石《いし》田《だ》夏《か》穂《ほ》
発　行………2024年11月20日

発行者………佐藤隆信
発行所………株式会社新潮社
郵便番号162-8711 東京都新宿区矢来町71
電話　編集部(03)3266-5411
　　　読者係(03)3266-5111
https://www.shinchosha.co.jp
装　幀………新潮社装幀室
印刷所………大日本印刷株式会社
製本所………加藤製本株式会社
乱丁・落丁本は、ご面倒ですが小社読者係宛お送り下さい。
送料小社負担にてお取り替えいたします。
価格はカバーに表示してあります。

ISBN978-4-10-355881-1　C0093